학교를 속닥속닥

대구 상원고 학생 12명

공수정　구예진　권오민　김지한　박태우　신승민
오효택　이 찬　정채언　제갈민　조윤아　차소연

엮은이_박주미

현재 대구상원고등학교 생물 교사로 재직 중.
책을 읽는 시간만큼은 나를 위한 시간이라는 착각 속에 오로지 읽고 있다는 것에 만족해 하며 책읽기를 즐긴다. 대구광역시교육청 책쓰기, 토론, 인문학 행사에 참여하여 생물 관련 활동에서 느끼지 못한 '다름'을 느끼는 시간을 좋아하고 경북고등학교 재직 중에 학생 저자가 쓴 출판도서「꿈, 너를 알고 싶다:우리는 다른 길을 간다」를 엮어내기도 했다. 대구광역시교육청 책쓰기 지원단으로 활동하며 책을 활용한 수업을 위해 지속적으로 고민하고 있다. 길 위에서 우연히 만나게 된 옛 제자에게 "난 지금 너 가르칠 때보다 더 잘 가르치는 선생님이다."라는 말을 하고 싶어서 어제보다 더 발전된 오늘의 내가 되도록 힘내고 살고 있다.
나의 뿌리인 생물 관련 활동에도 열심히 노력하고 있다.(제4회 과학교사상 수상, 학생과학발명품대회 및 전람회 지도교사상, 교육 관련 표창장 다수 수상)

학교를 쑥닥쑥닥

초판 1쇄 인쇄_2019년 2월 15일 | 초판 1쇄 발행_2019년 2월 20일
지은이_대구 상원고 학생 12명 | 엮은이_박주미
펴낸이_진성옥 외 1인 | 펴낸곳_꿈과희망
디자인·편집_꿈과희망 편집부 | 마케팅_김진용
주소_서울시 용산구 백범로 90길 74, 대우이안 오피스텔 103동 1005호
전화_02)2681-2832 | 팩스_02)943-0935 | 출판등록_제 2016-000036호
e-mail_jinsungok@empal.com
ISBN_979-11-6186-047-3　42810
※ 책 값은 뒤표지에 있습니다.
※ 새론북스는 도서출판 꿈과희망의 계열사입니다.
©printed in Korea. | ※ 잘못된 책은 바꾸어 드립니다.

학교를 쏙닥쏙닥

대구 상원고 학생 12명 지음 | 박주미 엮음

꿈과희망

너무나 자주 변하는 학교 환경 속에서 이 책이 얼마나 긴 시간 도움을 줄 있을지 알 수는 없습니다. 그러나 "저도 언니나 오빠가 있으면 학교생활이 이렇게 힘들지 않았을 것 같아요." 라고 말했던 아이에게 도움이 된다면 이 책의 저자들은 만족하지 않을까요? 학년 초 신입생의 담임교사를 맡으면 "선생님, ○○○프로그램이 뭐예요? 참가하는 게 좋을까요?"라는 학교 활동에 대한 질문을 자주 받게 됩니다. 현재 학교에 오래 계셨던 선생님이라면 능란하게 대답을 해주시며 아이들에게 방향을 잘 알려주시겠지만 처음 부임한 선생님이나 새내기 교사의 경우는 어려움을 느낄 수 있습니다. 이런 경우 질문한 아이에게 좋은 기회를 놓치게 했다거나 필요없는데 신청하게 해서 힘들게 했다는 미안한 마음만 남게 될 수도 있습니다. 이제 고등학교 신입생들의 멋진 시작을 우연에 맡기지 않고 준비할 수 있는 방법을 현장감 있는 학생 저자 12명이 주고자 합니다.

책을 쓰고 싶어 모였던 열두 명은 아니었습니다. 오고 가는 만남에서 학교생활에 유독 바빠 보이는 아이들이 보였고 그 바쁜 학교생활에서 뭐가 가장 중요할까라는 궁금증이 생겼습니다. 그래서 "고등학교 생활의 꽃은 뭐라고 생각하니?"라고 질문했고 "동아리 활동이요."라는 대답을 들었습니다. "근데요. 동아리 활동이 만만치가 않아요. 1학년 때는 뭣도 모르고 선배들이 준비한 활동을 시키는 대로 따라하면 됐는데요. 2학년이 되니 저희가 다 해야 하잖아요. 학생 모집, 지도 선생님 초빙, 매 시간 진행할 프로그램 조사 및 선정까지. 거기다 준비하면 꼭 불만스러워하는 동아리원들이 있어요. 휴우… 진짜 쉽지가 않아요."라기에 매년 동아리 부장과 부부장을 맡은 아이들은 같은 고민을 하겠구나라는 생각에 선배들에게 도움을 구해 보라고 했더니 "에이, 선배들은 고3인데 어떻게 물어요. 동아리를 함께할 때는 친해도 학년이 바뀌고 복도에서 마주치면 어색해요."라는 대답에 오롯이 홀로 이끌고자 노력하는 이 아이들이 참 대견스럽고 힘들겠구나란 생각이 들었습니다. 앞으로도 매년 2학년 동아리 부장, 부부장은 이렇게 힘들어하겠구나란 생각이 들어서 후배들은 힘들지 않게 너희가 도움이 되는 Tip을 모아 책으로 정리해 보자라고 권유하게 되었습니다. 이 말에 아이들은 뜨악한 표정을 지으며 "샘, 저희는 이과생인데요!"라고 하더군요. 그러고 보니 모두 과학, 수학, 컴퓨터, 공학 동아리 아이들이었고 이야기를 꺼낸 나도 생물 선생님이었구나. 그래도 필요하다면 해내야지. "우린 글을 쓰는 게 아니고 책을 만드는 거야."라는 사기성 멘트를 시작으로 후배들에게 너희보다 쉽게 해 나갈 수 있는 내용만 잘 전달하면 되는 거고, 또 이과생이 쓴 책이 얼마나 많은지 생각해 보라며 설득했습니다. 그래서 시작을 했고 강요 아닌 강요에 의해 수행평가도 아니고 책쓰기 동아리도 아닌 이과생 아이들과 생물 전공 교사가 함께 책을 쓰기 시작했습니다.

그러나 '동아리'란 주제로 12명이 쓴 내용에는 겹치는 내용이 많았고 다른 학교 행사와 엮기는 경우가 많았습니다. 후배들의 학교생활에 도움을 주고 싶어서 시작한 책이니 이왕이면 여러 분야에서 도움을 줘 보자는 생각에 '학교'라고 주제를 넓혀 쓰기로 했습니다. 학교에 있는 나, 학교에 있는 우리, 모든 학교에 있는 이들에게 들려주는 이야기를 쓰자고. 주제를 넓히니 각자 나름의 생각들이 떠올랐나 봅니다. 역시 동아리를 열성적으로 이끌 정도의 아이들이니 문제가 생기면 포기하지 않고 해결 방법을 찾아나가는구나 싶어 듬직하게 느껴지더군요. 쓸 게 없다, 부끄럽다 투덜투덜 거리면서도 이야기를 끝낸 열두 명의 아이들이 자랑스럽습니다.

바쁘다는 고등학교 생활을 하면서 틈틈이 써나간 이 책이 열두 명의 아이들에게 새로운 시각을 더해 주었기를 기대해 봅니다. 자신의 우물 안에서 맑은 물을 많이 얻기 위해 깊게 파고만 있지 말고, 가끔은 우물 밖에 나와서 이 우물을 쓸 사람들이 얼마나 되나 살펴보는 게 필요하다고 생각되네요. 세상의 모든 물을 다 얻어야 하는 것은 아니니까요. 앞으로 살아가는 삶에서 어떤 선택과 결정을 내리기 위해 주변을 잘 살펴보아야 하고 그렇려면 여유가 있어야겠지요. 이제 고등학교라는 인생의 한 문단의 마침표를 찍고 새로운 문단을 시작하려는 제자들에게 여유를 가지라고 말해 주고 싶습니다. 그 여유 시간에 자신을 이해하고 보듬어 줄 수 있는 시간을 가지기를 권유하고 싶어요. 한 문단으로 끝나는 책이 없듯이 자신의 삶도 길게 바라보고 살아가야 할 텐데 긴 시간동안 항상 함께 하는 자신을 알아야 하지 않을까요? 자신을 찬찬히 살펴볼 여유 시간은 저절로 생기지 않아요, 만들어야지요. 저에게 '여유'란 집 안에 쌓이는 먼지의 양과 비례해요. 하루 정해진 24시간 동안 나의 역할을 아무리 열심히 빠르게 해도 여유는 오지 않더라구요. 필요하다면 만들 수밖에 없고 해야 할 일의 우선순위를 정해 두고 꼭 하지 않아도 되는 것들은 '쌩까!'는 거지요. 그게 저에겐 청소더라구요. 전 먼지를 좀 먹고살아도 여전히 건강하더라고요^^.

시간이 흘러 20년쯤 흐르면 이 책의 저자들이 쓴 또 다른 책을 읽고 있는 제가 있었으면 좋겠습니다. 자신의 생각과 의견을 표현하고 자신이 알고 있는 것을 통해 다른 사람들에게 도움을 줄 수 있는 방법 중에 하나가 책이라고 생각합니다. 자신을 표현하고 정보를 전달하는 다양한 방법이 존재하지만 손에 만져지는 책을 통해 정보를 얻고 있는 시간은 좀 다른 거 같아요. 똑같은 기성품 바지들 중에서도 나에게 딱 맞는 핏을 살려주는 바지가 있잖아요, 그런 느낌이랄까요. 학생 저자들도 성숙하면서 자신 속에 여러 개의 방들이 생기겠지요. 그 중 한 칸은 책이 차지하고 있었으면 좋겠습니다. 그 한 칸의 방이 자신이 힘들 때 숨을 쉴 수 있게 해주는 공간이 될거라고 생각합니다. 책을 좋아하고 책에게 위로 받는 제가 해주는 말이니까 믿어보세요!

지도교사 **박주미**

공수정

2000년 대구에서 태어나고 자라 대구에서 고등학교까지 졸업했다. 학교생활 12년 동안 눈에 띄는 점 하나 없이 극한의 평범함을 유지해 왔으며, 처음 글을 쓰고자 하면서도 그저 평범하기만한 작가의 이야기는 필요 없으리라 생각했다. 하지만 평범한 내가 궁금하다면 대부분의 학생들도 똑같지 않을까란 생각에 한번쯤은 궁금해 했던 내용을 글로 담아냈다.

구예진

현재 졸업을 앞둔 평범한 고3이다. 고등학교를 입학하는 신입생들이 생소해 할 만한 요소들을 썼다. 또한 후회 없는 입시준비를 위해 내가 후회했던, 후회하고 있는 요소를 독자들은 후회하지 않았으면 하는 마음으로 적었다. 이 글은 '이렇게 하면 더 좋다'라는 메시지를 담았기에 도움이 되리라 생각하지만 언제나 '선택'은 본인의 의지라는 것을 기억하길 바란다.

권오민

2000년에 태어나 대구에서 학창생활을 보내며 대구상원고등학교를 졸업한다. 이 책은 평범한 고등학생이 겪는 1년 중 어느 하루를 담았다. 많은 예비 고등학생들이 고등학생 생활이 어떨지 궁금할 것이라 생각하여 이 글을 작성하였다. 간접적으로 일반 고등학교의 생활을 경험할 수 있을 것이다.

김지한

2019년도에 대구상원고등학교를 졸업하고 경상대 의예과에 진학할 예정이다. 평소 입시와 성적에 대해 가지고 있던 관심을 바탕으로 학생들에게 도움을 주고자 책쓰기에 참여하게 되었다. 특히 고등학교 선택 이후 후회하거나 다양한 길을 선택하는 학생들을 보며 중학교 시절에는 알기 힘들었던 고등학교 선택 기준을 주제로 정하였다. 이 책을 통해 조금이나마 고등학교와 대학교 선택에 있어서 도움이 되기를 바란다.

박태우

2000년도에 태어나 대구상원고등학교를 졸업하고 포항공과대학교에 입학할 예정이다. 이 책은 고등학교 때의 생활에 대해 다루고 있다. 어떻게 기계에 관심을 가지게 되었고, 고등학교 생활을 보냈는지에 대해 썼다. 고등학교 3년 동안 어떤 갈림길들을 마주해 왔고 거기서 어떠한 선택을 했는지에 대해 서술하고 있다.

신승민

포항 태생. 친구들과 노는 것을 좋아하고 누구보다 게임을 잘하고 싶어함. 낮잠을 좋아하고 기계가 좋음. 영화를 정말 좋아하고 사람 구경을 좋아한다.

고등학교를 다닐 동안 어떤 생각을 했는지 또 어떤 기분으로 다녔는지 어른이 되어서 보면 색다른 느낌이지 않을까 라는 생각으로 글을 적었다. 다들 뜻깊고 재밌는 인생을 살았으면 한다.

오효택

2000년에 태어나 2019년 대구상원고등학교를 졸업할 예정이다. 물리를 약간 좋아하는 평범한 학생이다. 12년 동안의 학창시절을 마무리하고자 하는 마음으로 참여하게 되었다.

고등학교 3년 동안 직접 겪었던 굵직한 사건들을 적었다. 이 책을 통해 고등학교 입학 예정인 학생들이 고등학교 생활이 대충 어떻게 돌아가는지 알 수 있기를 기대한다. 또한 이미 재학 중인 학생들도 소소한 공감을 얻을 수 있기를 바란다.

이찬

공부를 잘하지도, 다른 잘하는 것이 있는 것도 아닌 지극히 평범한 학생이다. 본격적인 고등학교 입학을 앞둔 학생들에게는 도움이 될 수 있도록 선생님들께 어떤 태도를 가져야 할지 소개했으며, 학창시절을 졸업한 사람들에게는 학생시절을 추억할 수 있도록 유형별 선생님들의 특징을 재밌게 소개해 봤다. 재미와 공감을 위해 쓴 글이니 너무 진지하게 읽지는 말자.

정채언

고등학교 생활 중 가장 후회되었던 일들을 위주로, 독자님들은 이런 일을 겪지 않기를 바라는 마음으로 글을 썼습니다.

제갈민

2000년 출생. 대구 상원고 졸업 예정. 고등학교 생활을 잘 알지 못하는 예비 고등학생들을 위한 책으로, 입학 전 꼭 했으면 하는 일과 고등학교 생활에 대해 서술하고 있다.

조윤아

2000년도에 대구에서 태어나 상원고를 졸업할 예정이다. 다행스럽게도 공부를 못하지 않아 경북대학교 의예과에 진학할 수 있었다. 현재 졸업을 앞둔 고3의 입장에서, 예비 고1 학생들에게 학교가 생각보다 만만한 곳이 아니라는 것을 알려주고 싶었다. 더불어 대부분의 선생님들과의 관계가 좋았던 필자가 선생님을 대했던 방법에 대해 일부 소개하고 싶기도 했다.

이 글은 '후회 없는 삶'이라는 좌우명을 가지고 학교생활에 충실히 임하는 과정에서 만났던 다양한 선생님들을 자의적으로 분류한 후 할 수 있는 조언들을 총체적으로 담은 책이라 할 수 있다.

차소연

상원고에 입학해 곧 졸업할 예정인 평범하다면 평범한 한 학생이다. 공부를 특출나게 잘하는 것도, 다른 대단한 특기가 있는 것도 아니지만, 이런 평범한 학교생활을 보낸 작가의 시선으로 알려주는 학교 이야기는 입학예정자에게는 도움이 될 수 있을 것 같아 이 책을 쓰게 되었다. 무조건 이런 생활을 하라는 뜻이 아니라 이런 학교생활을 하면 좋을 것이라는 의미로 쓴 책이니 '무조건 명심!!' 하지는 말도록 하자.

■ 차례

호탁이의 화요일

권오민

이 글을 쓰는 나는 현재 상○고 2학년 이과생이다. 1학년 때에는 국어, 수학, 영어, 과학, 사회, 역사, 기술·가정, 정보, 진로, 중국어, 음악, 미술, 체육 등 여러 가지 과목들을 배웠다. 과목 수는 많지만, 예체능 및 다양한 과목들 덕분에 주요 과목들의 덫에서 벗어날 수 있었다. 그러나 현재 2학년인 나는 상황이 판이하게 달라졌다. 이제 2학년 이과 학생의 생활에 관해 이야기를 해주겠다. 특히 2017년 상○고 2학년 이과생들은 더욱 힘든 것 같다. 가장 큰 힘든 점은 무려 과학을 4과목이나 배운다는 것이다. 다시 말해 보자면 총 열한 과목을 배우는데 여기서 시험을 치지 않는 체육, 진로(각 1차시)를 제외하면 9과목 중의 8과목이 주요 과목이라 공부해야 할 분량이 많은 것이다. 현실의 평범한 상○고 2학년 이과생들의 하루에 대해서 말을 해주겠다.

그러면 우리 삶에 대해 살펴보자.

2017년 9월 19일(화요일) 대구상ㅇ고등학교 2학년 7반 16번.

아침 7시

"빨리 일어나라~~~~"

"좀만 더~ 나 좀만 더 잘래."

아침부터 뒹굴뒹굴한 호탁이는 결국 20분이나 지나서 일어나고 만다.

"으악, 늦겠네."

빠르게 밥을 먹고 씻고 갈 준비가 끝나자 어느새 시계는 45분을 향해 간다.

"가다가 뛰어야겠다."

그렇게 호탁이는 등굣길에 오른다. 호탁이는 길을 가다가 그의 친구인 동현이와 태오를 만나게 된다.

"동현, 태오 안녕?"

"응, 호탁이 엿 먹을래?"

"으하하" 태오의 호탕한 웃음이 들린다.

이렇게 호탁이의 상쾌한 아침이 시작된다.

"다섯"

"넷"

멀리 교문 앞에서 학생부 선생님이 수를 세기 시작한다. 그제야 호탁이와 친구들은 뛰기 시작한다.

"아씨, 지각하면 담임한테 벌점 받는데….."

아슬아슬하게 제시간에 반에 들어오는 호탁이였다. 호탁이는 아침잠을 이기지 못하고 결국 아침잠을 다시 자게 된다. 아침 자습 내내 잠을 잔 호탁이, 그리고 주위에는 떠드는 반 친구들이 있었다.

"시공 조아~~."

"나 학습지 좀 빌려줄 수 있는 사람?"

"ppt 여기 조금만 바꾸자."

"어휴 너희들 또 지각이야."

담임 선생님의 한숨 소리가 들리고

"쌤 뛰었는데 조금 늦었네요….."

"야, 상규야. 너 집 바로 앞인데 왜 맨날 늦냐? 응??"

지각생인 친구도 오고 그걸 바라보는 친구들의 웃음까

지 들리면서 평범하고 평범한 호탁이의 학교 생활이 시작된다.

어느새 아침 자습 시간이 끝나고 담임 선생님의 아침 조회 시간이 시작되고

"오늘 공지사항은 여기까지다. 이상."

담임 선생님의 조회 시간이 끝나자 눈 비비며 깨는 호탁이. 호탁이는 눈을 시간표로 돌린다.

"오늘 무슨 요일이냐?"

호탁이는 짝인 해안이에게 물어본다.

"음~ 오늘 화요일임."

"땡큐."

호탁이는 시간표에서 화요일을 찾아서 봤는데…

"아, 1교시부터 물리라니…."

시간표를 보니 1교시 물리, 2교시 기하와 벡터, 3교시 문학, 4교시 영어(문법), 5교시 지구과학, 6교시 화학, 7교시 미적분2.

"와우 미쳤네, 시간표…."

"이 미친 시간표는 5일 내내다. 으흐흐."

호탁이는 해안이와 대화를 끝내고 심자실(심야 자율학습실)에 오늘 시간표에 맞는 교과서를 가지러 간다. 어느 정도 성적을 가진 심자반 학생인 호탁이는 빠르게 가서 교과서를 챙겨서 내려온다.

어느새 1교시 종이 치지만 아이들의 수다는 끊이지 않는다.

"얘들아, 책 펴자."

목소리가 아주 큰 물리 선생님이 들어왔다. 하지만 수업은 목소리만큼 재밌진 않았다. 호탁이는 오늘만큼은 자지 않겠다고 마음을 먹었다.

"오늘은 광전효과에 대해서 배울 거야."

하지만 이 한마디부터 아이들은 꿈나라로 빠졌다. 호탁이는 눈은 떠 있지만 무슨 내용인지 하나도 모르겠다는 표정을 지으며 수업을 듣고 있었다.

어느새 수업은 절정을 향해 갔지만, 학생들도 꿈나라로 급속도로 빠져들었다.

'안 돼, 절대 잠을 자면 안 돼' 정신을 깨우려고 노력하는 호탁이는 주위의 친구들을 둘러본다. 하지만 깨어 있는 사람들은 전교 1등 유나랑 2~3명뿐이고 나머지 깨어 있는 친구들은 휴대폰을 만지고 있었다. 그리고 3분의 2 정도 되는 학생들은 미처 끝내지 못한 아침잠을 마저 자고 있었다.

호탁이는 "역시 나만 힘든 게 아니군."이라는 혼잣말을 하고 다시 수업에 집중하려고 노력하지만 결국은 자연스럽게 꿈속에서 친구들을 만나러 가고 만다.

그렇게 잠을 청한 호탁이는 어느새 깨어보니 2교시가 시작되고 있었다.

2교시는 담임 선생님의 기하와 벡터 시간이었다. 호탁이는 그래도 자신 있는 수학시간이라 열심히 수업을 들었다.

"오늘은 음함수 접선에 대해서 배우자."

호탁이는 열심히 수업에 집중한다. 그리고 호탁이는 이번에는 어떤지 궁금해서 친구들의 상태를 살핀다. 뒷자리는 역시 많은 아이들은 깨어 있지 못했다. 그래도 이과라선지 몰라도 수학은 열심히 듣고 있는 것 같다. 앞자리인 상환이는 호탁이에게 질문을 했다.

"이거 어떻게 푸냐?"

"수학의 신인 수탁님이 풀어주지!"

수탁이 아니 호탁이는 가볍게 상환이의 문제를 풀어준다.

"오~~ 대박 역시 수탁이네!! 역시 갓수탁!"

그러자 짝인 해안이도 호탁이에게 질문하였다.

"이 정돈 껌이지~"

"올, 역시 호탁이네."

호탁이는 기하와 벡터에 자신감이 있었다.

"띠리리링."

이렇듯 아침 2시간은 조용히 지나갔다. 하지만 아침잠을 끝낸 많은 아이들은 이때부터 시작이었다.

뒤에서는 배드민턴을 치고, 책상에서 앉아서 웹툰을 보는 친구들과 게임을 하는 친구들뿐만 아니라 옷을 찾아보는 아이들까지 쉬는 시간을 보내는 방법도 다양했다. 시험 기간이 아닌 쉬는 시간은 그야말로 꿀 같은 시간이었다. 순식간에 10분이 지나고 3교시 시작종이 울렸다.

3교시는 비문학 수업이다.

비문학은 간단히 독서와 문법, 화법과 작문이 포함되는

데, 소위 우리가 말하는 비문학은 독서와 문법에서 독서 분야이며 인문, 사회, 과학, 예술, 기술 등 전문적인 분야를 다루고 있고, 많은 고등학생들이 관심을 가지는 수능에서 보면 최상위권을 변별할 지문으로 각각 '정보량이 많고 복잡한 지문', '이해 자체가 힘든 원리를 가진 지문'이 있기 때문에 미리미리 감을 익혀두고 지문을 정리할 수 있는 실력을 키우는 것이 좋을 것이다. 특히 후자에 해당하는 지문이 과학과 기술 관련 지문이다. (비문학은 지문 하나당 3~4문제 정도가 출제되고 있다.)

"얘들아, 과학지문 2번과 기술지문 2번 풀자. 12분 안에 다 풀자~"

"쓱~~"

많은 아이들이 2문제를 풀기 시작한다. 시간이 지나면서 다시 꾸벅꾸벅 조는 아이들이 생기기 시작한다.

"역시, 과학과 기술은 이해하기 어렵네….'

"어, 인정. 이거 한국말인가?"

호탁이와 해안이는 말을 주고받았다.

어느새 시간이 끝나고 답을 매겼다.

"예~~ 1개밖에 안 틀렸다."

"아… 나는 망했는데….."

"자, 이제 풀이 시작한다."

국어 선생님은 과학지문을 분석하기 시작한다. 하지만 선생님은 아이들이 점점 존다는 것을 인식하지 못한 것 같다.

"헐, 뒤에 봐봐."

"헉, 진짜 많이 자네."

호탁이와 해안이는 자는 친구들을 보면서 자기는 열심히 수업을 들어야겠다고 생각했다.

하지만 열심히 듣는 호탁이도 지문을 이해하기는 좀 버겁다는 느낌이 들었다.

이렇게 또다시 숙면의 시간이 된 듯한 느낌의 3교시가 지났다. 언제 잤냐는 듯이 친구들은 생생하게 살아났다. 하지만 점심시간까지 1시간이나 남았지만 배고픔을 느낀 친구들은 매점을 간다.

사막 같은 학교에서 오아시스 같은 존재인 매점은 학교의 핫스팟이다. 아침 시간부터 매점 문 닫을 때까지 수업시간 만 아니면 언제나 북적거린다. 매점의 대표 메뉴는 햄버거와 라면. 언제나 많은 아이들의 식사 거리가 되어주고 핫바와 과자는 허기를 달래주고 아이스크림과 핫초코는 최고의 디저트가 돼주었다.

호탁이도 친구들을 따라 매점에 간다.

"와, 배고파 죽겠네….."

"아직도 점심시간까지 1시간이나 남았네…."

"오늘 점심 뭐지??"

"모르겠어. 조금 있다가 식단표 한번 봐."

석호와 상환이가 대화를 나누는데 호탁이가 자신 있게 말한다.

"야, 요즘이 어느 때인데 식단표를 보냐? 휴대폰에 급식 알리미 없어?"

"음? 급식 알리미?"

"그래, 우리 자랑스러운 나의 소프트웨어 동아리 부장님이 만들었지."

뿌듯한 호탁이는 휴대폰을 꺼내어 식단표를 보여준다.

"오, 대박 오늘 참치마요 나오네!"

"굿, 그럼 간단히 먹어야겠네."

호탁이와 친구들은 매점에서 간단히 각자 핫바 하나씩 사 먹고 과자도 사왔다.

과자를 들고 올라오자마자 친구들에게 둘러싸였다.

"호탁이, 나 한 개만 먹을게"

"나도 조금만."

"나도, 저번에 나도 줬잖아."

결국 호탁이는 과자 1봉지를 사서 몇 개 먹지도 못했지만 어느새 빈 봉지가 되어 버렸다,

'역시, 과자를 사서 반에 가지고 오면 안 되는 거였어'

라고 마음을 먹었다.

4교시 종이 울렸다.

이번 시간은 원어민 선생님이랑 수업하는 시간이었다.

"Hello, everyone."

"Hello. teacher.~"

이번 시간에는 2분 동안 영어로 나라 이름 적기를 하였다.

"Ready, start!!"

'아, 한국은 Korea고 스웨덴은 뭐더라? 아, Lome도 있

었나?'

호탁이는 2분 동안 많은 고민을 하였다.

2분 후.

해안이는 호탁이가 쓴 종이를 봤다.

"역시 호탁이. 크크크. 로마가 나라냐?"

"응? 아닌가?"

"바보야, 이탈리아 수도잖아. 에휴."

"엉? 아 맞네~~"

그렇다. 호탁이는 나라에 대해서는 잘 몰랐다.

이렇게 재밌는 게임을 하면서 4교시가 끝이 났다.

"띠리리링. 띠리링."

"점심시간이다."

"호탁이 배드민턴 각?"

"아, 가기 귀찮은데? 상환이 그냥 폰게임 하지?"

"안 돼, 살 빼야지~~ 너 튜브 없애야지?"

"응, 아니야. 나는 뱃살 없는데, 없는데, 없는데~"

"그럼 그냥 반에 있어라. 바이."

"응응, 좀 있다 보자."

호탁이는 석호랑 창호랑 같이 게임을 하였다.

"야, 통나무 굴렸어야지. 에휴, 답이 없네."

"뭘, 통나무를 굴려 호그를 뛰었어야지."

이렇듯 친구들과 화기애애하게 게임(클래시 로O)을 하고 점심을 먹으러 갔다.

"와우 오늘 짱 맛있네."

"인정, 한 번 더 각이냐. 동의?"

"어 보감."

호탁이와 호탁이 친구들은 밥을 두 그릇을 먹었는데도 불구하고 매점으로 향했다.

"아이스크림 먹을까? 음료수 먹을까?"

"사주냐?"

"미쳤냐?"

서로 정이 오가는 대화 속에서 각자 아이스크림 하나씩 물고 나온다.

"역시 아이스크림은 콘이지."

"뭔 소리래, 아이스크림은 쭈쭈바, 인정?"

"그게 뭔 의미가 있냐?"

친구들의 대화에서 한심함을 느낀 호탁이가 한마디를 했다.

양치하고 친구들과 수다를 떨다 보니 어느새 예비종이 쳤다.

"헐, 벌써 예비종 치네."

"다음 수업 뭐야?"

"음. 아마 지과?"

"지과가 뭐냐 지학이지."

"와우, 밥 먹고, 지학이라니."

호탁이는 예상했다.

'이거는 밥 먹고, 수업이니 많이 자겠네'

"띠리리링"

어느새 5교시가 시작되었다.

"헥헥… 아 더워."

5교시 종 치자마자 운동하고 온 친구들이 급하게 들어왔다.

"땅땅"

"수업하자. 책 189페이지 피자."

5교시 수업이 한창 진행되는 가운데 생각보다 수업시간은 어수선했다.

그렇다. 바로 운동하고 온 애들이 아직 진정이 안 됐고, 이미 잠을 자서 잠이 오지 않은 친구들이 많기 때문이다.

"측이가 남쪽을 바라볼 때, 남중고도는 얼마일까?"

지구과학 쌤은 문제를 내렸다. 그러자 친구들은 적극적으로 말하기 시작했다.

"음… 23.5도."

"57.5도 같은데?"

"아, 잘 몰겠다."

많은 아이들이 답을 찾아봤지만 바로 정답은 호탁이가 차지하였다.

"하하하, 요즘 지학 자신감 올랐다. 다 물어봐라. ~~"

하지만 호탁이는 속으로 생각했다.

'지구과학이라고 만만하게 보면 안 되겠다. 엄청 어렵고 헷갈리네'

이렇게 지구과학 수업이 끝이 났다.

하지만 활기찼던 5교시 초반과는 다르게 다시 아이들은 졸거나 휴대폰을 만지는 등의 딴짓을 하면서 다시 조용한 반이 되었다.

'아, 나도 잠이 오네. 잠이나 자야지'

이런 생각을 한 호탁이는 쉬는 시간 10분 동안 잠을 청하면서 다음 수업 집중을 위해 노력했다.

"음… 냐."

잠을 자니깐 쉬는 시간이 순간 삭제된 것 같은 느낌이었다. 어느새 6교시 시작종이 치고 6교시 수업인 화학 선생님이 들어오셨다.

"애들아, 일어나자!!!"

"아… 으. 아 졸려."

호탁이는 작은 소리로 말하였다.

주위를 보니 대부분의 친구들의 눈이 풀려 있었다. 하지만 화학 시간은 다른 시간에 비해 재미있었는지 많은 아이들이 깨려고 노력하는 것 같았다.

"오늘은 산화 환원에 대해서 배울 거야."

'산화 환원이라… 중학교 때 배운 거니 쉽게 하겠네.'

"산화는 나중에 배울 건데 산화수를 얻는 것이고 환원은 산화수를 잃는 반응을 말하는 거야."

'음? 산화수가 뭐지? 역시 화학은 어렵네…'

호탁이는 배우기도 전에 산화수에 대해서 거부반응이 들었다. 그리고 집중력이 조금씩 흐트러질 때쯤 화학 선생님은 학생들을 위해 쉴 시간을 잠깐 주었다.

"그럼, 5분만 쉬어라. 5분 후에 시작하게."

'오 아싸, 타이밍 죽이네'

5분 동안 꿀 같은 잠을 자게 된 호탁이는 다시 생생해지고 어느새 화학 수업도 끝을 맺었다.

"띠리링. 띠리리링"

"오늘은 여기까지."

"안녕히 가세요."

화학 선생님이 나가자마자 담임 선생님이 들어오셨다.

"얘들아, 의자 책상에 올려라~~. 그리고 청소 당번은 도망가지 말고 청소하고 특별구역 청소도 하러 가라."

"아…. 빨리 하자."

아이들의 한숨 소리가 들렸다.

호탁이는 칠판 당번이어서 걸레를 들고 화장실로 갔다. 그 사이에 몇몇 친구들은 반 구석구석 청소를 하고 뒤이어 대걸레로 닦는다. 또한 특별구역 친구들도 각자 특별구역청소를 하러 갔다.

"야, 나가서 축구하자."

청소 시간은 20분밖에 안 되지만, 청소를 10분 만에 끝난 몇몇 아이들은 10분이 남았는데도 불구하고 축구하러 밖에 나갔고, 나머지 아이들은 반에서 휴대폰을 만지며 시간을 보냈다.

어느새 청소 시간이 끝나서 7교시 종이 친다. 그제서야 밖에서 축구를 하던 친구들은 헐레벌떡 들어온다.

"헥헥."

"호탁이 혹시 다음 교시 무슨 수업인 줄 아니?"

"음… 미적분2일 거야."

"오, 꿀유동쌤이네."

친구들은 그나마 재밌고 편안한 선생님인 미적분2쌤을 좋아하는 것 같다.

"얘들아, 오늘은 공책 정리 안 해도 된다. 교과서 146

페이지 펴서 칠판에 적힌 문제만 풀고 쉬자."

"네."

아이들은 전투적으로 문제를 풀기 시작한다. 왜냐하면 문제를 빨리 풀어야만 빨리 쉬고 쉬면서 휴대폰을 만질 수 있기 때문이다.

그중 가장 적극적으로 푸는 범윤이가 있었다.

"에휴, 호탁이 아직 거기 푸나?"

"내가 너보단 빨리 풀 걸?"

하지만 결국 승자는 호탁이었다.

"범윤이, 너는 아직 멀었다."

"자, 그럼 문제 2번만 풀이하고 쉬자."

하지만 수학에 관심 있는 아이들은 풀이를 집중적으로 듣지만, 그 외에 아이들은 휴대폰 삼매경이었다.

'오, 이런 방법도 있었네'

호탁이는 유동쌤의 방법에 감탄을 하였다.

어느새 7교시도 끝이 나면서 본 수업은 끝이 나고 방과 후 보충, 즉 8, 9교시가 시작하려 한다. 하지만 보충 선택은 자유라서 듣고 싶은 사람만 신청해서 듣는다. 신청하지 않은 아이들은 7교시 종 치자마자 가방을 싸서 교실 밖으로 빠져나간다.

"수고, 난 간다."

보충을 듣지 않는 재연이는 보충을 듣는 친구들을 놀리며 나간다.

"아, 나도 집 가고 싶다."

성우가 크게 말했다.

호탁이가 주위를 둘러보니 20명 남짓 남아 있었다. 이 정도만 남으니 보충 시간은 더욱더 조용할 것 같았다. 8교시 보충 수업은 영어 수업이다. 영어 수업은 부교재로 한다.

부교재는 주로 EBS 교재로 한다.

"자, 수능특강 48페이지 펴서 5번 2분 줄 테니 풀어봐라."

모의고사에서는 70분 동안 45문제를 풀어야 한다. 하지만 20분 정도는 듣기 17문제가 나오고 남은 50분 정도로 28문제를 풀어야 한다. 즉 1문제당 약 2분 안에 풀어야 한다.

'와 빈칸은 역시 어렵네'

빈칸 채우기 문제는 영어 문제들 중에서 가장 어려운 영역에 속한다.

"2분 끝났다. 음… 석규야, 좀 읽을 수 있겠냐?"

"좀 읽을 수 있어요."

"그럼 다 읽을 수 있겠네."

석규를 놀리는 말투로 말하였다.

"여기가 바로 main idea 즉 주제문이야. 이 부분만 해석하면 답을 쉽게 찾겠지?"

"쌤, 그 문장을 해석 못하겠어요."

"참, 안타깝네. 이 단어 유나가 한번 해볼래?"

"'inflict'는 '가하다'라는 뜻입니다."

"맞아. 이것 봐, 영어의 기본은 단어야. 단어를 외워야지. 알았지, 호탁아?"

"네? 네."

이렇게 2개의 지문을 해설하니 시간은 순식간에 지나갔지만, 기억에서도 순식간에 사라지는 것 같았다,

'와… 들어도 무슨 말인지 모르겠고… 해석본을 봐도 모

르겠네… 열심히 공부해야겠다'

호탁이는 영어 공부를 열심히 해야겠다고 다짐했다. 역시 호탁이 뿐만 아니라 많은 친구들이 지문 해설을 듣고도 무슨 말인지 이해할 수 없자 포기하는 사람도 많이 나왔다.

이렇게 8교시가 끝나고 9교시가 시작된다. 9교시는 생명 과학 시간이었다.

"이제 마지막 교시네."

"근데 생물이다."

"폰 가방에 넣어라. 부교재 없는 사람 나가~"

"용재 잘 가. 크크크"

"또, 용재냐. 책 어딨어?"

"음. 집에 있겠죠?"

이렇게 재미있는 생물 시간이 시작된다.

"흐탁아, 3번 읽어봐라."

"쌤, 제 이름은 호탁인데요?"

"네가 ppt에 네 이름을 그렇게 썼잖아. 흐흐. 넌 졸업할 때까지 흐탁이라 불릴 거야."

"…3번"

이렇게 선생님과 농담을 주고받을 수 있어서 호탁이는 기분이 좋았다,

생물 선생님은 아이들에게 질문하였다.

"우리 몸의 털이 서서 좋은 점은 무엇일까요?"

"음…."

"어…."

아이들이 생각에 잠긴 그때, 용재는 자신 있게 말을 하였다.

"기분이 좋아요~~"

"크크"

"흐흐흐흐"

"칵칵"

"푸하하하"

어이없는 용재의 대답으로 반은 웃음꽃을 피우게 된다.

"어휴, 용재야. 우리 유나가 대답해 볼래?"

"추울 때 몸의 열이 나가는 것을 막아서 좋아요."

"우와."

이렇게 한참 수업 중에 배가 고파진 호탁이는 주찬이에게 오늘 저녁을 물어보았다.

"오늘 저녁은 뭐냐?"

"음… 잠만."

"오, 부대찌개랑 불고기 나오는데?"

"오, 아싸."

그때 생물 선생님이 인상을 쓰면서 호탁이 쪽으로 봤다.

"지금 떠든 애들 뒤로 나가~"

그 순간 9교시 종이 치게 된다.

"와 오늘 운 좀 좋네."

9교시가 끝나고 석식 시간이 되었다.

"와, 배고파 죽겠어."

"인정하는바."

"와, 빨리 밥 먹자."

호탁이 친구들은 배고픔을 외치며 급식실로 갔다.

"아… 이런."

"왜? 호탁이?"

"아… 나 식권 가방에 있는데…."

"수고염. 크크크."

"나랑 같이 가줄 분 없나?"

"응, 없어~~"

호탁이는 의리 없는 친구들 때문에 홀로 반에 가서 식권을 가지고 뛰어서 다시 급식실로 돌아가 밥을 받고 친구들 곁에 간다.

"와, 꿀맛."

"호탁이, 이제 왔네."

"나 금방 먹을 게. 잠만 기다려."

하지만 호탁이는 생각보다 빨리 먹었다.

"야, 아직도 먹냐?"

"와, 너 엄청 빨리 먹네."

이렇게 호탁이와 친구들은 빠르게 밥을 먹고 후식으로 매점으로 향했다. 호탁이는 음료수를 하나 사고, 상환이와 성우는 아이스크림을 사서 먹으며 왔다. 반에 올라오자마자 호탁이는 자신의 배드민턴 채를 들고 상환이와 배드민턴을 치려고 한다.

"상환이, 배드민턴 치자."

"응? 교실에서?"

"응. 아무도 없잖아."

"어휴, 호탁이 아직 실력 나한테 안 되잖아."

"뭐, 상환이! 내가 아무리 못해도 너보단 잘한다."

이렇게 간단히 교실에서 배드민턴을 치며 먹은 것을 소화한다. 호탁이와 상환이는 양치하고 올라오니 어느새 오후7시 5분 야자 시작 시간에 다다랐다.(야자 시작 : 7시 10분)

"헉, 5분 남았다. 늦게 가면 큰일나는데. 상환이 반 문 좀 잠가줘."

"아 귀찮은데, 알겠다. 내가 잠그고 감."

호탁이는 빠르게 가방을 싸고 심자실로 뛰어간다. 심자실에 도착하니 이미 야자 하는 친구들로 반이 붐비고 있었다. 그때 야자 감독 선생님이 들어오셨다.

"얘들아, 야자 시작했다. 빨리 자기 자리로 가서 앉아라."

"네~~"

야자가 시작하자 언제 그랬냐는 듯 조용해졌다. 호탁이

는 수학 독서 활동 준비를 하기 위해서 '두근두근 수학 공감'이라는 책을 읽기 시작했다.

'이번 시간은 이것만 읽어야겠네'

이러한 호탁이는 생각을 하지만 생각보다 눈꺼풀이 무거웠다.

'아… 좀만 자야겠네…'

호탁이는 조금만 잠을 청했다.

조금조금 얼마나 지나갔을까? 어느새 야자시간 종료 종이 치고 심자실과 달리 야자실에서는 가방을 멘 아이들이 뛰어나왔다.

"와, 집에 간다. 심자 수고해라~"

"와… 부럽다. 잘 가~~"

그 사이에 학부모 감독님이 들어오고 심자실 친구들은 밝은 미소로 인사를 하였다.

"안녕하세요~~"

"어, 그래 안녕~"

이런 상황을 아는지 모르는지 호탁이는 여전히 꿈속을 헤매고 있었다.

심자 시간에는 야자 감독 선생님이 없어서인지 좀더 학생들이 자유롭게 공부할 수 있었다. 밖에서 서서 공부하는 스탠드 책상은 인기 있는 곳이 됐고, 프레젠테이션 활동이 많은 고등학교에서는 이런 시간과 장소를 활용하여 발표 자료를 만들 수 있다.

이때 주찬이는 너무 죽은 듯이 자는 호탁이가 걱정되는지 깨워주었다. 그제서야 눈 비비며 호탁이는 잠에서 깨어난다.

"음….하……야….."

"에휴, 호탁이 그만 좀 쳐 자라, 크크크. 호탁이 밖에서 공부하자."

"오케이, 잠만 기다려 봐."

"물리 공부 하자."

호탁이는 물리책을 들고 밖의 스탠드 책상으로 향했다.

"으아악, 피곤해."

밖에서 잠을 깨며 공부하는 호탁이와 주찬이 곁으로 태오랑 다른 친구들도 다가와 함께 수학 문제를 풀기 시작한다. 이렇게 모두가 공부 삼매경에 빠지고 있을 때 주찬이가 갑자기 휴대폰을 꺼내 게임을 한다.

"아… 또 졌네."

그때 호탁이는 주찬이의 폰을 본다.

"야, 그거 그렇게 하는 거 아님. 거기선 바바리안을 보내야지."

이런 소리를 하자 밖에서 공부하던 친구들이 점점 모이더니 모두 구경을 하기 시작했고 이렇게 게임을 시작하더니 순식간에 심자 시간마저 끝이 났다.

10시 55분쯤 되자 친구들은 가방을 싸더니 한두 명씩 나가고 어느새 모두 끝이 났다.

호탁이는 학교 현관을 나가면서 뒤를 돌아봤다.

'내일 또 이곳에 와서 공부하겠네. 딱 1년만 수능까지만 열심히 하자'

호탁이는 이러한 생각을 하면서 앞서가는 친구들을 따라간다.

"같이 가자~~~"

"와… 내일 또 학교 가야 하네. 가기 싫다."

"잘 가. 내일 봐."

나의 일부분

박태우

머리말

이 책의 제목을 나의 일부분이라고 정한 이유는 제목 그대로 지극히 주관적으로 나의 일부분에 관해 썼기 때문이다. 아직은 나도 나에 대해서 조금만 안다고 생각했기 때문에, 일부분이라는 말을 썼다. 이 책을 쓰면서 나 스스로 나에 대해 더 많이 알아 갔으면 한다. 지금까지 바쁜 학업으로 인해서, 또 여러 수행평가 등 바쁜 학교생활로 인해서 삶을 되돌아볼 기회가 거의 없었다. 그래서 이 글을 쓰게 된 가장 큰 목적은 글을 쓰면서 지금까지 살아온 삶을 한번 되돌아보기 위해서이다. 두 번째 목적은 나중에 성인이 되었을 때 이 글을 보면서 나의 어린 시절을 쉽게 떠올릴 수 있도록 하기 위해서이다. 이 글은 나의 삶에 있었던 중요한 일들에 대해서 다루고 있다. 글은 나의 소개와 1. 기계공학, 2. 학교와 학원, 3. 수학, 4. 계획의 4가지 테마로 나누어져 있다. 나의 소개는 간략하게 나의 취미나 슬플 때 하는 일 등 나에 대해 소개하고 있다. 각 테마의 글들은 테마와 관련된 내 생각을 먼저 서술하고 있으며, 테마와 관련된 여러 경험을 글로 썼다. 글은 전체적으로 내가 고등학생 시절 동안 했던 선택들에 대해 진지하게 쓰려고 했다. 이 책을 보는 사람들이 고등학교에서 선택할 때, 더 크게는 삶에서 선택할 때 조금이라도 도움이 됐으면 하는 마음이다. 처음 쓰는 책이라서 서툰 점도 많고 여러모로 부족한 점이 많다. 하지만 나중에 성인이 되었을 때 이 책을 읽으면 나름대로 의미가 있지 않을까 생각하며 글을 쓴다.

나의 소개

학번 : 3학년 11반 10번

생일 : 2000년 5월 24일

취미 : 기계 조립하기, 영화, 독서

꿈 : 기계공학 교수

혈액형 : A형

태어난 곳 : 포항

식성/먹이 : 거의 가리는 것 없이 다 잘 먹으나 하나 고르라 한다면
치킨…?

좋아하는 과목 : 수학, 과학

싫어하는 과목 : 국어, 영어

기쁠 때 하는 것 : 친구를 만나거나 신나는 노래를 듣는다.

슬플 때 하는 것 : 친구와 상담을 하거나, 진짜 슬플 때는 기분을
좋게 하기 위해 웃긴 동영상을 보거나 신나는 노
래를 듣는 편이다.

주로 듣는 노래 : 주로 신나는 노래를 듣는다.

#1 기계공학

첫 번째로 쓰고 싶은 내용은 기계공학이다. 거의 모든 대학교의 원서에 기계공학과를 쓰는 기계공학도가 되기까지의 선택을 써보려 한다. 기계공학으로의 나의 첫 번째 선택은 초등학교 때 로봇공학 방과후를 듣게 된 것이다. 로봇을 만드는 것이 재미있어 보여 방과후를 신청했고, 내가 프로그래밍한 대로 로봇이 움직이는 것이 매력적이었다. 이때부터 꾸준히 로봇에 관심을 가지기 시작했다. 두 번째 선택은 중학교 때였다.

중학교 때 친구들과 과학적인 활동을 같이하며 기계공학의 꿈을 키워 왔다. 책을 읽다가 콜라에 멘토스(사탕)를 넣으면 콜라가 폭발한다는 내용을 보고 호기심이 생긴 나와 친구들은 콜라와 멘토스를 직접 사서 실험을 했다. 한 번에 성공하지 않자 콜라의 양을 1.5L에서 2L로 늘려보기도 하고, 멘토스를 가루로 만들어 넣어 보는 등 여러 번의 실험을 했다. 이러한 시도는 고등학교 때까지 계속되어 친구들을 만나면 아직도 해보곤 한다. 또 한 번은 하이퍼 스페이스라는 구조물을 수학실에서 보게 되고, 우리는 이것을 빨대와 스티로폼 공을 이용해 직접 만들어 보겠다는 계획을 세우게 된다. 그래서 우리는 빨대 10000개와 스티로폼 공 500개를 사고, 방과후마다 만나서 구조물을 만들게 된다. 여러 자료를 찾아가면서 스티로폼 공에 빨대를 꽂을 각도를 작도하고 제작한다. 결국 시간이 부족해 구조 일부분만 제작하였지만, 재미있는 경험이었다. 이렇게 과학에 관심을 가져왔다. 친구와 아파트 뒤의 쓰레기장에서 컴퓨터와 프린터를 찾아 모터를 분해해서 사용해 보기도 했다. 이러한 활동을 통해 공학에 대한 관심과 열정을 키워 왔다.

이제 마지막 선택은 고등학교 때이다. 사실 고등학교 때 기계공학에 대해 가장 많이 배웠고 기계공학도로서의 길을 넓혀 갔다. 고등학교에 들어가서 가장 첫 번째로 한 선택은 소프트웨어 동아리에 들어간 것이다. 동아리에 들어가 기계를 만들기 위해 필요한 프로그래밍과 기계에 대해 배웠다. 중학교 때까지만 해도 만들고 싶은 로봇이 있어도 프로그래밍을 잘 못해서 원하는 로봇을 만들지 못하는 경우가 많았다. 하지만 동아리 시간에 'code up'이라는 사이트에서 100개가 넘는 프로그래밍 문제를 스스로 풀면서, 프로그래밍 실력을 길러 원하는 로봇을 만드는 데 도움이 되었다.

동아리를 하면서 가장 기억에 남았던 것은 축제이다. 우리 동아리는 축제 때 조를 나누어 각자의 조가 원하는 프로젝트(여러 로봇이나 프로그래밍)를 직접 수행하여 전시하였다. 우리 조는 그 당시 유행하고 있었던 인형 뽑기 기계에서 영감을 얻어 사탕 뽑기 기계를 만들기로 하였다. 우리가 만든 사탕 뽑기 기계는 여느 사탕 뽑기 기계와 달랐는데, 사탕을 집는 집게를 조이스틱으로 조종하는 것이 아니라 조종자가 장갑을 끼고 장갑을 오므리면 집게도 오므려지는 구조로 만들었다. 이 신기한 사탕 뽑기 기계를 직접 구상하고, 스스로 프로그래밍하였으며, 회로를 짜서 만들었다. 축제를 준비하는 기간인 1주일 동안 매일 밤 학교에 남아서 기계를 만들었고 축제 전날 로봇 제작을 완성했다. 로봇을 만드는 과정이 순조로웠던 것은 아니다. 인형 뽑기 기계의 집게를 앞, 뒤, 좌, 우, 상, 하로 움직일 수 있게 만들려고 계획하였는데, 설계를 잘못해 로봇의 양쪽 균형이 맞지 않아서 로봇이 앞뒤로 움직이지 않았다. 우리는 이 한 문제를 해결하기 위해 약 5시간 동안 로봇의 바퀴를 바꾸어 보기도 하고, 로봇의 무게를 늘려보기도 했으나 별 소용이 없었다. 그러다 로봇이 아니라 길을 수정하면 어떨까 하는 생각이 들었다. 길의 가림막을 톱으로 잘라냈고 결국 성공했고 축젯날 기술 선생님께 극찬을 받았다. 이렇게 수준 높은 기계를 어른의 도움 없이 스스로 만들어 냈다는 것이 정말 뿌듯했다.

이 프로젝트를 하면서 기본적인 모터의 구동이나 프로그래밍에 대해서 좀더 배울 수 있었으며, 도무지 불가능해 보였던 양을 계획적으로 역할 분담을 하여 1주일 만에 해내면서, 정말로 힘들어 보이는 일도 엄청난 열정과 노력을 가지고 하면 충분히 할 수 있다는 것을 깨달았고, 계획과 체계적인 역할 분담의 중요성 또한 깨달았다.

고등학교 2학년 때에는 수학에 대해서 좀더 배우고, 여러 수학적 활동을 하기 위해 수학 동아리를 직접 만들면서, 주니어 소프트웨어 동아리를 나가게 되었다. 기계에 대한 열정은 그대로였는데, 소논문 쓰기 대회의 주제로 이동식 태양 추적형 태양광 발전 자동차를 선정하여, 시험이 끝나고 약 1주일 동안 밤낮을 새 가면서 자동차를 만들었다. 이 자동차를 만드는 과정도 순조롭지 못했다. 자동차를 만들면서 친구와 의견 충돌이 있었다. 하지만 제한된 일정 동안 다 만들어 내야 한다는 생각에 참고 묵묵히 하여 끝까지 만들어 결국 완성해 낼 수 있었다. 자동차를 만들면서 힘든 점도 많았지만, 완성된 로봇이 원하는 대로 움직이는 모습은 보니 뿌듯했다.

지금까지 기계와 관련된 여러 선택이 있었다. 거기서 나는 주로 어려운 선택을 해왔다. 그 과정은 힘들었지만, 그 선택을 통해 스스로 많이 성장할 수 있었다. 로봇을 스스로 만들어 보면서 로봇에 대해 많은 상식을 쌓을 수 있었고, 기계공학에 진정으로 관심을 가지게 되었다. 이렇게 고등학교 때 여러 기계를 만들면서 기계공학자의 꿈을 키워 왔다. 나중에 성공한 기계공학 교수가 돼서 이 책을 보게 된다면 감회가 새로울 것 같다.

두 번째 테마는 학교와 학원이다. 두 번째 테마로 학교를 선정하게 된 이유는 아무래도 지금 학생이어서 가장 많은 시간을 학교에서 보내며 가장 많은 일이 학교에서 일어나기 때문이다. 일단 학교는 나의 가장 많은 학업 활동이 일어나는 곳이다. 오전 8시까지 등교해서 밤 11시까지 심야 자율학습을 하므로 정말로 잠자는 시간 말고는 거의 학교에서 보내게 된다. 학교는 공부하는 곳 말고도 친구들을 만나는 곳이다. 1년 동안 30명 남짓의 친구들과 같은 반을 하게 된다. 또 많은 활동을 하면서 같은 반이 아닌 많은 학생과도 친해지게 된다. 방학이 끝나고 개학날이 되거나, 주말이 끝나고 월요일이 되면 바쁜 학교생활이 시작되기 때문에 학교에 가기 싫은 마음이 들지만, 한편 친구들을 만나기 때문에 학교에 가고 싶다는 생각이 들기도 한다. 학교에서 친구들과 함께 수학여행도 가고 즐거운 시간도 많지만, 가끔은 서로 의견이 맞지 않아 싸우기도 한다. 그러면서 점점 더 성숙해지는 것 같다.

학교가 있다면 학원 또한 비슷한 역할을 하는 것 같다. 원래 학원을 많이 다니지 않다가 고등학교에 올라와서 학원을 본격적으로 다니게 되었다. 학원에서도 학교에서처럼 선생님께 수업을 듣고 학업 활동을 하며, 많은 친구와 같이 수업을 들어 같은 학교가 아닌 다른 많은 친구와도 친해질 수 있다. 나도 고등학교에 올라와 학원에 다니게 되면서, 다른 학교에 다니고 있는 여러 친구를 사귈 수 있어 좋았다. 이렇게 여러 친구를 사귀고 좋은 선생님께 많은 것들을 배우면서 학원 또한 학교처럼 나에게 있어 큰 의미를 지니게 되었다. 집에 있다가 학교나 학원을 가려 하면 가기 귀찮을 때가 많다. 하지만 학교와 학원을 통해서 우리는 많은 친구를 사귀고, 선생님들에게 인성 교육을 받고, 삶의 방향을 배울 수 있다.

3 수학

나의 인생이야기에서 내가 세 번째 테마로 수학을 선택

한 이유는 내가 수학에 대해 가지는 애정이 상당히 크기 때문이다. 나는 어릴 적부터 수학을 좋아했다. 가장 좋아하는 과목을 써내라 하면 나는 무조건 수학을 써냈다. 초등학교 때부터 수학을 재밌게 배웠고 그렇게 어릴 때부터 수학에 재미를 느껴서 수학이 지금까지 가장 자신 있고, 좋아하는 과목이 된 것 같다. 내가 수학에 대해서 재미를 느끼는 가장 큰 이유는 수학이 논리적인 과목이기 때문이다. 나는 뭔가를 암기하는 것을 아주 싫어했다. 그래서 국어나 사회, 역사와 같은 암기 과목을 정말 싫어하였다. 사회나 역사와 같은 암기해야 할 내용이 산더미인 과목들과 달리 수학은 가장 외워야 할 내용이 없는 과목이었다. 물론 수학도 기초 공식 몇 가지는 암기하고 있어야 한다. 하지만 그 몇 가지 공식만 외우고 있으면 그 공식을 원리로 하는 여러 문제를 쉽게 풀 수 있다. 그 공식들 또한 더 기초적인 공식을 근본으로 하는 것들이어서 쉽게 암기할 수 있다.

예를 들어서 평면에서의 두 점 사이의 거리를 구하는 공식을 알고 있으면 평면상에서 두 점 사이의 거리와 관련된 여러 문제를 풀 수 있으며, 이 공식을 응용해서 공간상에서 두 점 사이의 거리를 구하는 공식을 구해 낼 수 있다.

또한 수학은 가장 개념의 확장이 넓게 되는 과목인 것 같다. 한 문제를 푸는데 그 문제에 대응되는 한 가지 개념이 필요한 역사와 달리 수학은 한 가지 개념을 무한히 응용해서 다른 문제를 풀 수 있다는 점이 매력적으로 다가왔다. 3학년 모의고사 문제를 1학년 수학 개념으로 풀 수 있는 경우도 있는데 이것이 수학의 개념이 넓게 응용된다는 것을 보여주는 예로 볼 수 있다.

이러한 이유로 나는 수학에 큰 애정을 품고 있었는데, 고등학교에 올라가서는 이 애정이 더 커졌다. 내가 원하는 여러 수학 활동을 해보고 싶어서 2학년 때는 수학 동아리를 직접 만들었다. 동아리 부장을 맡으면서, 몇 명의 친구들 때문에 힘든 점도 많았지만, 많은 점을 배울 좋은 기회였던 것 같다. 이렇게 동아리를 만드는 등 수학에 대한 관심을 키워 가면서, 고등학교에서 배우는 수학에 그치지 않고 대학교에 올라가서 수학과를 전공으로 하여 순수하게 수학에 대해서 더 공부하고 수학을 직업으로 하고 싶어 대학교 수업도 찾아 들었다.

하지만 순수하게 수학을 전공으로 하기에는 나의 수학적 능력이 그렇게 크지 않아 힘들 것 같아 결국 포기하였다. 이 책을 읽고 있을 때는 수학이 삶에서 어떤 의미가 되어 있을지 궁금하다. 아마 아직 삶에서 큰 의미로 남아 있지 않을까 생각한다.

#4 계획

이 글을 쓰고 있는 나는 현재 수능이 대략 360일 남은 고등학교 2학년이다. 지금까지는 많이 놀기도 하고, 원하는 로봇을 직접 만드는 등의 활동을 많이 하였다. 이제는 일 년 동안 나의 꿈을 이루기 위해 학업에 최선을 다할 것이다. 나중에 고등학교 3학년 때 정말 열심히 공부했다는 생각이 나도록 한번 최선을 다해서 공부해 보고 싶다. 수능을 치고 나서 내가 원하는 대학에 입학하게 된다면 1학년 동안은 많은 경험을 쌓으며 여러 분야의 공부를 해보고 싶다. 기계공학과뿐만 아니라 수학과나 물리학과 등 여러 가지 과를 체험할 것이다. 2학년부터는 내가 하고 싶었던 공부를 할 것이다. 또한 대학생 때에는 친구들과 여행도 많이 다니며 여러 경험을 쌓고 싶다. 대학교를 졸업하고 나서는 데니스 홍과 같은 저명한 로봇 공학자가 있는 외국으로 유학을 하러 갈 것이다. 대학원 과정을 하며 내가 원하는 로봇을 직접 만들어 볼 것이며, 외국에서 많은 사람을 사귀고, 외국 문화를 경험해 보고 싶다. 대학원을 졸업한 후에는 한국으로 돌아와 대학교수가 되고 싶다. 대학교수가 되어서 많은 학생을 가르치며, 내가 만들고 싶었던 로봇을 실컷 만들 것이다.

쓰고 나서…….

교내 책 쓰기 활동으로 책을 쓰게 되었다. 평소 주변에서 수많은 책을 볼 수 있는데 내가 직접 책을 쓴다는 생각은 해보지 못했다. 그런데 이 활동을 통해서 내가 원하는 주제로 직접 책을 써보는 신기한 경험을 할 수 있었다. 이러한 경험을 하게 해준 박주미 선생님께 감사를 드린다.

처음에 무슨 주제로 써야 하는지 많이 고민했었다. 그러다 아직 18살밖에 되지 않은 내가 알고 있는 것도 많지 않은데, 전문적인 책을 쓰지는 못할 것 같고 그나마 내가 가장 잘 아는 나에 대해서 책을 쓰기로 했다. 나에 대해서 나름 진지하게 책을 쓰려고 노력했다. 평소에 일기를 쓰지도 않아 나에 대해 글을 쓸 기회가 전혀 없었다. 그렇기 때문에 나의 삶을 되돌아볼 수 있었던 이 활동이 나에게 큰 의미가 되었다.

책을 쓰면서 내가 좋아하는 것이 무엇인지, 내가 누구인지 조금이나마 알 수 있었다. 그 점에서는 책을 쓰게 된 목적을 이루었다고 할 수 있다. 또한 책을 쓰면서 계획도 세워 보았는데, 나중에 성인이 되어 이 책을 볼 때 그 계획들이 다 현실로 되어서 웃으며 책을 볼 수 있었으면 한다. 책을 쓰면서 힘든 적도 많았지만 나름 재미있는 경험이었다.

총 4개의 테마에 대해서 책을 썼는데, 더 많은 테마에 관해 쓰지 못한 점이 아쉽다. 나중에 기회가 된다면 나에 대한 더 많은 부분을 글로 써보고 싶다. 그 과정은 힘들었지만, 그 선택을 통해 스스로 많이 성장할 수 있었다. 로봇을 스스로 만들어 보면서 로봇에 대해 많은 상식을 쌓을 수 있었고, 기계공학에 진정으로 관심을 가지게 되었다. 이렇게 고등학교 때 여러 기계를 만들면서 기계공학자의 꿈을 키워 왔다. 나중에 성공한 기계공학 교수가 돼서 이 책을 보게 된다면 감회가 새로울 것 같다.

과연 수시비중의 확대가
올바른 정책일까?

신승민

문재인 정부가 들어서면서, 교육체계도 다른 색을 띄기 시작했다. 문·이과 통합과 소프트웨어 중점의 확대, 그리고 정시의 축소와 수시의 확대. 당연히 세간에선 이러한 변화에 대해 다양한 반응이 오가고 있다. 아인슈타인은 상대성 이론을 제시하며 한 가지 중요한 조건을 내세웠다. 이 세상엔 그 어떠한 절대적인 운동은 없으며 모든 운동들은 상대적이라는 것이다. 사회 현상도 마찬가지이다. 법이나 규율이 어떤 완벽한 진리가 아닌 간접 민주주의의 체계 내에서 다수결의 원칙을 통해 선별된 대변인들이 그들이 스스로 생각하는 정의를 실현시키고 모두에게 공평하게 만들어 나가는 것 자체가 정치의 행위이며 목적 그 자체이다. 하지만 나는 이 수시 비중의 확대에 공평성의 문제가 있다고 주장하는 사람들 중 하나이다. 일단 그 이유를 알아보자.

학생부 종합전형의 경우에는 대학이 학생의 교과 성적 뿐만 아니라, 비교과활동도 비중 있게 검토하여 뽑는 전형이다. 학생부 종합전형의 가장 큰 메리트는 교과 성적이 부족하더라도 생활 기록부의 수상 실적, 교과활동 세부능력 특기사항 등을 평가한다는 것이다. 여기서 원초적인 문제점이 발생한다. 첫째로 학생부 종합이나 교과나 학교간의 편차는 분명히 존재한다는 점이다. 어쩔 수 없지만 시 외곽의 고등학교와 시 중심부에 위치한 고등학교의 수준은 확실히 다르다. 둘째로는 항상 우려되고 있는 평가의 객관성이다. 학생을 평가하는 기준은 모두 담당 선생님들의 주관이다. 아무리 평가를 객관화시킨다 해도 평가하는 주체는 결국 인간이다. 평가에 선생님의 주관이 반영될 요지가 없는 것이 절대로 아니다. 셋째로는 부정부패다. 대표적으로 정유라 같은 케이스가 있다. 오로지 조작된 학생부로 지원을 받아 다른 지원자들을 탈락시켜 버린 정말 교과서적인 케이스다. 이런 사건들이 과연 없다고 장담할 수 있을까? 그 반면에 정시를 생각해 보자. 정시는 대학마다 반영 비율이 다르긴 하나, 대부분의 대학이 수능 성적을 100% 반영하는 전형이다. 일단 확실한 건 동일한 대상의 시험을 치르는 것이기 때문에 주관적인 글 보다는 정확히 수치화된 데이터로 응시자의 실력이 표현된다는 것이다. 이런 투명성에도 불구하고 수시를 늘리는 이유는? 단지 하나, 학생의 성실성, 인성을 보자는 일념 하에 이루어진 결과이다. 여기서 궁금한 점은, 1. 정시는 성실성을 평가하는 전형이 아니다? 이것은 흑백논리이지만 정시로 성실성을 평가할 수 없다는 것은 50만 수험생들의 피와 땀을 무시하는 것이다. 2. 인성? 가장 간단한 방법은 면접이다. 인간성을 평가하는 데는 인간 대 인간으로써 얼굴을 맞대고 이야기하는 것이 가장 정확한 방법이다. 이런 방법 외에도 다양한 방법들이 있을 터인데, 수시 확대라는 극단적인 선택을 한 이유는 잘 납득이 되지 않는다.

다녀올게

"엄마, 잘 놀다 올게."

–

노란 가방을 들고 나간 아이가,
노란 리본이 되어 돌아왔다.

2016 / 06 / 18

마중

–

그거 아니?

해바라기는 오는 사람 마중해 주는 꽃이 아닌,

정든 사람 보내주는 배웅꽃이라는 거.

2016 / 10 / 4

기억해라

기억해라.
중학교는 내 인생에 있어서 지식 축적의 시기였으며,
고등학교는 내 인생에 있어서 경험 축적의 시기였고,
지금 고등학생인 나는 내 인생에 있어서
성인은 베풂의 시기여야 한다고 생각했었다고.

밥그릇

우리 집에는
일하다 말고 고객의 부재로
쉬고 있는 밥그릇 한 공기가 있습니다

또 우리 집에는
직사각형 모양의 탁자 주변에
방석이 두 개 있습니다

그럼, 우리 집에 고객은 몇 명일까요?

2016 / 11 / 22

사진 속

당신의 사진을 좋아한 건
사진의 당신이 날 보고 웃고 있었기 때문이고

지금의 사진 속 당신을 좋아하는 이유는

다신 돌아오지 않을 따스함이
사진 속에 멈춰 있기 때문입니다.

2016 / 10 / 29

수능이 끝나고 무슨 맛인지 모를 저녁을 먹고 시간별로 올라오는 수능 시험지를 확인하면서 대강 자신이 어떤 점수를 받았는지 확인한다. 살면서 찍어서 맞춘 적이 잘 없어서 미신, 신, 운을 잘 믿지 않는 본인은 수능에서만큼은 뭐라도 맞췄으면 좋겠다는 마음에 부처님, 하느님, 예수님 등 온갖 허구의 인물들을 전부 불러들인다. 간절함이 부족했던 탓인지 그 어떤 신적 존재도 날 도와주지 않았다. 물론 필자의 노력 부족의 탓일 터인데, 어째선지 그때만큼은 그 존재들이 그렇게 원망스러울 수가 없었다. 정시로 가겠다고 폼은 다 잡아놓고 막상 결과가 이렇게 나오니 눈앞이 깜깜해졌다. 그때서야 돌이켜보면 수능 전에 얼마나 내가 방탕하게 생활했는지 주마등처럼 지나갔다. 흔히 말하는 수험생이 가져야 할 태도라는 것이 있다면, 그 10가지 중에 1가지도 지키지 못했다. 정상적인 사고가 박힌 수험생이라면 수능 이틀 전에 게임을 할 생각을 할까? 항상 그래왔다. 무엇이든 사무치게 후회하는 일이 있어야지만 그 행동을 뜯어고치고, 긍정적인 마인드인 척 정신승리하며 안일하고 방탕하게 살아왔다.

이를 알면서도 고치지 못하는 내 자신에게 혐오감을 느꼈다. 또 이런 기분을 한번쯤은 느꼈을 자신이 또다시 이런 생각을 하게 만들었다는 것에 대해 할복을 해도 모자랄 분노가 치밀어 올랐다.

무엇보다 가장 큰 느낌은 두려움이었다. 내가 이런 마인드로 삶을 계속해 나갔을 때 결과는 그 누구보다 내가 잘 알고 있다. 그럼에도 나는 항상 회피하고 도망쳐 왔다. 언젠가는 이럴 줄 알면서도 말이다. 내가 이렇게 살아갈 수 있을까? 생각보다 심각한 문제라는 것을 인식하는 데 장장 10년 이상의 시간이 걸렸다. 이걸 고치려면 얼마만큼의 시간을 쏟아야 하나?

어찌어찌 논술의 최저요구를 맞췄다는 확신이 들었을 때 처음에는 아무 생각도 들지 않았다. 난 정시로 가야 했고 논술은 수시를 안 내긴 좀 뭣하니까 뭐라도 내자는 심정에 낸 것이다. 인터넷을 찾아보면 '재수는 요즘 선택이 아닌 필수'라는 글들이 올라오고 있었다. 그딴 건 어찌 됐든 관계없었다. 문제는 내가 수능을 못쳤다는 것이다. 처음엔 논술을 치러 대학들을 가야 하나 라는 생각이 들었으나, 적어도 꼴에는 자식이 그런 대학들의 입학시험은 치러 갔다고 말할 수 있는 엄마를 만들어드리고 싶었다. 전날 서울로 올라가기 전에 집구석에 박혀 있던 케케묵은 논술 개념서를 챙겼다. 표지를 보자마자 문득 내가 고3 동안 한 게임의 플레이타임이 생각났다. '700'시간. 쉬지 않고 24시간 내내 게임했을 때 1달가량이다. 역겨웠다. 그 감정 말곤 생각이 안 났다. 이런 생각 자체를 한다는 것이 좀 추하긴 한데, 그래도 그냥 역겨웠다. 타임머신이 있다면 돌아가서 톱으로 살가죽을 벗겨내고 싶은 심정이었다.

시험 전날 기차를 타고 서울로 올라갔다. 서울역에서 나오자 연세대 병원이 보였다. 멀다. 멀었다. 지하철을 타고 신촌역에 내려 서울공기를 마시며 대학가를 거닐었다. 보이는 사람 하나하나 다리달린 백과사전이라 생각하니 내가 있을 장소가 아니라고 느꼈다. 대학 건물을 하나하나 둘러본 건 이번이 처음이라 놀라웠다. 너무 넓었고 마음만 먹으면 뭐든 할 수 있을 것 같은 시설이었다. 숙소까지 들어가는데 시간이 남아 대학 콘서트홀 건물 안에서 책을 읽었다. 아마도 졸업공연을 하고 있었던 것 같다. 안에서의 공연이 밖에서도 들리는데 많은 사람들의 환호와 박수갈채가 들렸다. 저 사람들이 무사히 어떻게 졸업까지 갔을까?

4개 대학의 논술 시험을 치르고 집으로 돌아오며 계속 생각했다. 내가 왜 의욕이 없을까? 사실 인생에 있어서 뚜렷한 목표가 없었다. 목표가 있어야 동기가 부여되고 실천을 하는데 잘 먹고 잘 살자 같은 추상적 목표가 내 인생의 전부였다. 내가 가지고 있는 꿈이라는 것이 정말 내가 하고 싶은지도 의문이 들었다. 그래서 올해가 지나가기 전에 살면서 뭘 하고 싶은지 생각해 보는 것이 올해의 목표로 잡았다. 구체적이고 내 마음을 단숨에 사로잡을 만한 매력적인 무엇인가가 있었으면 좋겠다.

나의 학교 생활

오효택

#1 배치 고사

아마 고등학생이 되어서 처음으로 학교에 가보는 날이 바로 배치고사 치는 날일 것이다. 배치고사는 1학년 신입생들의 반을 편성하고, 또 공부 실력을 짐작하기 위해서 실시하는 시험이다. 과목은 국어, 영어 수학밖에 없고, 시험 범위는 중학교 때 배운 범위이다. 배치고사는 내신과 아무 상관이 없어서 마음 편하게 쳐도 되지만, 내가 다시 배치고사를 치는 학생이 된다면 철저하게 복습해서 갈 것이다. 배치고사 성적에 따라 장학금도 주고, 선생님들에게도 좋은 모습으로 각인돼서 고등학교 생활이 편해질 수 있기 때문이다. 장학금 액수도 중학교 때 주는 것과 큰 차이가 있고, 돈이 많은 학교라면 성적 유지 조건으로 3년 장학금을 주는 곳도 있다. 꼭 나중에 후회하지 말고 효도하도록 하자.

#2 야자

고등학교에 처음 들어가서 하는 야자는 일단 느낌이 새로울 수밖에 없다. 늦어도 4시 반에 마치던 중학교 때와는 다르게 6시 반까지 방과후 수업을 하고 처음 학교에서 먹는 석식과 7시부터 2시간 동안 자기 주도적 학습을 하는 게 일반적인 고등학생의 일상이다. 대부분 학생이 야자를 하는 것을 싫어하지만, 야자를 하는 것을 추천한다. 강제로 하는 야자는 나도 싫어하지만, 자기가 스스로 의지를 갖추고 하면 진짜 좋은 시스템이다. 일단 사람이 학습할 때 누군가의 가르침을 받는 것보다 자기 스스로 하는 것이 중요하다. 강력한 목표 의식과 동기가 필요하지만, 그게 아직 없거나 진로를 못 정한 학생들도 대학 입시와 직결된 고등학교에서 공부를 열심히 안 하면 나중에 진짜 자기가 하고 싶은 일이 생겼을 때 1, 2학년 때 공부를 하지 않은 것이 발목을 잡는다. 야자를 안 하고 독서실에 가서 공부한다거나, 집에서 공부한다는 케이스도 있는데, 전자도 집에 들렀다가 갈 것이 분명한데, 집에 들렀다가 가는 것은 진짜 위험하다. 일단 집에 들어가면 진짜 공부벌레가 아닌 이상 공부를 절대 안 한다. 집에는 TV, 컴퓨터 등 자기 주도적 학습을 방해하는 요인들이 많고, 그냥 들르고 독서실 같은 곳에 갈 때도 절대 바로 출발하지 않고 꼭 2~30분은 쉬다가 간다. 이는 당연히 시간 낭비다. 차라리 통제해 줄 수 있는 사람이 있는 학교가 가장 바람직하다고 생각한다.

처음 야자를 했을 때는 진짜 할 게 없었다. 보통 입학하고 2~3일 정도는 수업을 안 하고 오리엔테이션만 해서 복습할 내용도 없고, 휴대전화도 못 만지고, 평소였다면 집에서 쉬고 있을 시간인데 학교에 남아 있다는 사실이 '집에 가고 싶다'라는 생각을 만들어 뭔가 학교에 남아 있는 게 억울했다. 아직 학기 극초반이라 친해진 친구도 없었다. 그냥 아무 생각도 없이 교과서만 계속 읽었었다. 야자가 끝나고 '이거를 3년 동안 어떻게 하지'라는 생각을 했었다. 시간이 지나고 조금 익숙해지면 그냥 체념하고 하게 된다. 오히려 야자에 중독이 되어 야자를 안 하면 손해라는 심리가 든다. (야자 없이는 살 수 없는 몸이 되어버린다.)

근데 애들이 조금 친해지고 나면 몇몇 애들은 야자를 째는 일이 생긴다. 진짜 평범한 학생이라면 석식을 먹고 나서 집이나 피시방 등에 가고 싶다는 유혹이 생길 것이다. 이 유혹을 참지 못하고 야자를 쨌다. 야자를 째는 방법은 여러 가지가 있다.

첫 번째는 합법적으로 째는 방법이다. 담임 선생님께 찾아가서 오늘 야자를 하지 않겠다고 허락을 받는 방법이다. 근데 이 방법은 일단 째기 위한 명분을 만들어야 한다. 대부분 어디가 아파서 못하겠다는 말이 대부분인데, 연기를 정말 잘 해야 한다. 근데 또 연기와 상관없이 담임 선생님의 성격에 따라 그냥 보내주는 선생님도 있고, 쓰러질 정도가 아니면 안 보내주는 선생님도 있다. 이건 그냥 운이라서 어쩔 수 없다. 그러므로 이 방법은 담임을 잘 만나면 시행해 보도록 하자.

두 번째 방법은 선생님의 허락 따위는 받지 않고 그냥 가는 것이다. 보통 반마다 야자 출석 부르는 학생이 있을 텐데, 그 애한테 '나 오늘 하루만 출석했다고 해줘'라고 하고 그냥 가는 것이다. 보통 선생님들도 모두 야자 감독을 하지 않고 돌아가면서 할 텐데, 만약 오늘 야자 감독이 우리 담임 선생님이 아니면 대부분 아무 일 없이 지나갈 수 있다. 하지만 선생님이 다시 출석 체크를 한다거나, 오늘 야자 감독이 우리 반 선생님이라면 다음 날 조회 시간에 이름이 99.9%의 확률로 불려서 복도로 나갈 것이다. 그러므로 이 방법을 쓸 때는 오늘 야자 감독이 누구인지 꼭 확인하고 하자.

세 번째 방법은 유혹이 야자 시작하고 오는 경우이다. 웬만하면 이 유혹을 무조건 참고 야자를 끝까지 하겠지만, 몇몇 미친 애들이 째는 경우가 있다. 우리 반에도 학기 초에 이런 애들이 몇몇 있었는데, 야자 시간에 학교 지도를 그리고, 선생님의 감시 패턴을 분석하고 전략을 의논해서 쨀 시도를 하는 애들이 있었다. 물론 걸려서 바로 돌아오고 그 다음 날 아침에 복도로 나가고 수업시간에 모든 선생님께 언급당했다. 그러므로 이 방법은 웬만하면 쓰지 말고 째더라도 일찍 째자.

아무튼 야자를 째지 않고 성실하게 한다면 나중에 꼭 좋은 일이 생길 것이니 웬만하면 열심히 하는 것이 좋다.

#3 첫 모의고사

고등학교 입학 후 그 주 목요일이나 다음 주 목요일에는 전국 모든 고등학생이 치는 모의고사가 있다. 과목은 국어, 수학, 영어, 한국사, 사탐, 과탐이고, 범위는 중학교 전범위이다. 모의고사는 다른 시험과 다르게 시험시간이 길어서 처음에는 정말 생소하고 적응이 안 될 것이다. 또 쉬는 시간도 30분이고, 아직 친구들과도 어색하므로 진짜 심심하다. 개방적인 애들은 이때 친구를 많이 사귀겠지만, 나처럼 내성적이고 낯을 많이 가리는 애들은 쉬는 시간이 정말 지옥 같다. 그래도 모의고사 날은 방과 후도 없고 야자도 없으니 집에 빨리 갈 수 있어서 좋다.

나는 그냥 모의고사는 아무 생각 없이 쳤다. 모의고사는 말 그대로 모의고사니까 별로 잘 쳐야 한다는 목표 의식이 없었다. 그래서 그냥 평소처럼 등교하고 그래도 시험은 시험이니까 '잘 쳤으면 좋겠다'라는 생각을 했다.

1교시는 국어. 시험시간은 80분이다. 평소 국어를 못하는 나는 여기서 나 자신의 심각성을 깨달을 수 있었다. 처음 열다섯 문제는 화법/작문/문법으로 딱히 어려운 분야가 아니고 공부를 하지 않아도 조금만 생각해 보면 맞힐 수 있는 문제이다. 헬 존은 16번부터이다. 문학/비문학/시 문제인데, 글이라고는 몇몇 소설책과 교과서에 나오는 글만 읽었던 나는 멘붕이었다. 문학과 시도 못하지만 비문학을 진짜 못해서 비문학지문을 몇 번을 읽어도 무슨 말인지 잘 모르는 수준이었다. 시험에 임하기 전에는 80분이 정말 길것으로 생각했는데 시간에 허덕이며 문제를 푸는 나를 발견하여 자괴감이 많이 들었다.

2교시는 수학시간. 시간은 무려 100분이다. 그래도 중학교 때 수학은 잘했기 때문에 자신 있었고, 생각대로 문제를 빠르게 풀었다. 수학을 어느 정도 하는 학생이라면

20, 21, 29, 30번만 남았을 때 시간이 1시간쯤 남을 것이다. 남은 1시간 동안 저 4문제를 열심히 탐구했다. 그래도 첫 모의고사라 그런지 약간의 시간 투자로 문제를 풀고 시간이 끝날 것을 기다렸다. 이때 든 생각이 '수학 시간을 조금 떼서 국어에 붙으면 좋겠다'이다. 그만큼 시간이 정말 길었는데, 쉬는 시간 만큼 재미가 없어서 곤란하다. 중학교 때 음악/미술/체육 5분 만에 치고 기다리는 것이랑 비슷하다고 보면 된다. 그래도 시간이 길어서 자기에도 좋은 정말 좋은 과목인 것 같다.

점심을 먹은 후 3교시는 영어. 영어는 70분으로 국어보다 짧다. 게다가 처음 17문제는 듣기평가라서 시간을 꽤 잡아먹는다. 듣기가 끝나고 18번부터 45번까지는 모두 독해이다. 도표나 그래프, 사진을 보고 푸는 문제도 있고, 지문을 읽고 주제 찾기, 빈칸, 필요 없는 문장, 이 문장이 들어갈 위치 찾기 등의 문제가 있다. 나는 중학교 때 영어학원을 하나도 안 다녀서 풀어본 영어문제라고는 시험 때 교과서 지문 변형해서 나온 문제가 다였던 나에게 이런 문제는 정말 신세계였다. 모르는 단어도 많았고 구조 그런 거 하나도 몰라서 감으로 읽고 그냥 찍었었다. 그나마 절대평가여서 그렇게 망하지 않은 등급이 나오긴 했다. 중학교 때 영어를 열심히 하지 않은 것은 지금도 후회되는 일이니까 중학교 때부터 영어 정도는 열심히 하는 것을 추천한다. 영어는 꾸준함이다.

4교시는 한국사, 사탐, 과탐을 한 번에 30분씩 친다. 가장 처음 치는 것은 한국사인데 한국사는 생각할 것도 적어서 금방 푼다. 한국사는 영어와 마찬가지로 절대평가이기 때문에 중학교 때 한국사를 열심히 공부했다면 1등급은 충분히 받을 수 있다. 한국사 후 10분 동안 쉬고 사탐, 과탐을 치는데, 둘 중 하나를 30분간 치고 2분의 교체 시간 후 나머지 하나를 푸는 식으로 한다. 이것도 한국사만큼은 아니지만 빨리 풀 수 있고, 중학교 때 열심히 했다면 충분히 좋은 성적을 얻을 수 있다.

모든 시험이 끝난 후 답지를 나눠주고 매긴 후 종이에 써서 선생님께 제출한다. 이때 다른 친구들을 탐색해서 어느 정도 자신의 위치를 파악할 수 있다. 그래도 다 치고 나면 나도 이제 고등학생이라는 것을 조금 체감하게 된다. 최근에 안 사실인데 모의고사 성적도 선생님이 많이 참고하는 것 같으므로 모의고사도 열심히 공부하자.

#4 동아리 모집 기간

고등학교에 처음 입학하고 4월 정도가 되면 각종 동아리에서 홍보가 올 것이다. 보통 쉬는 시간 때 반에 들어와서 교탁에 서서 '우리 동아리는 이러이러하고 이러이러하다'라고 동아리를 홍보한다. 동아리의 종류는 매우 많은데, 우리 학교로 예를 들면, 각종 과목마다 두세 개씩은 다 있고, 컴퓨터, 배드민턴, 영화, 춤 등등이 있다. 동아리를 잘 선택해서 가는 것이 매우 중요하다. 대학 입시에 동아리 활동을 진짜 많이 본다 카더라. 아무튼 동아리마다 홍보를 돌면, 마지막에 연락처를 남길 텐데 거기에 문자를 넣어서 신청하면 된다. 웬만한 동아리는 뽑는 부원수보다 신청한 부원이 더 많으므로 시간을 정해서 면접을 볼 것이다. 물론 원하는 정도보다 신청이 덜 들어온 동아리도 있다. 이게 진짜 빈부격차가 심해서 어떤 동아리는 100명이 넘어 점심시간 내내 면접을 본 곳도 있고, 사람이 진짜 없어 동아리 모집이 끝나갈 때쯤에 동아리에 못 들어간 애들을 찾는 동아리도 있다. 자기가 원하는 동아리가 없어도 일단 아무데나 들어가는 것이 좋은데, 우리 학교의 경우 동아리에 못 들어가면 선생님이 직접 운영하는 동아리에 들어가야 했는데, 소문에 의하면 생활기록부도 제대로 안 써주고 매일 자습만 한다고 한다.

나는 컴퓨터 동아리에 들어갔는데, 면접 볼 때 진짜 너무 떨렸다. 일단 우리 학교에 컴퓨터 동아리가 하나밖에 없었고, 또 면접도 동아리 중 가장 마지막이어서 앞서 다른 동아리에 면접을 봤다가 떨어진 애들도 많이 몰렸다. 솔직히 나는 다른 동아리는 생각하지 않고 처음부터 여기를 생각해서 좀 불공평하다고 생각했다. 아무튼 여기서 떨어진다면 위에서 언급한 선생님동아리에 들어가야 했기 때문이다. 그 전날에 면접 때 할 말을 계속 생각하고, 친구한테도 계속 떨린다고 말해서 친구가 화내기도 했다. 면접날 당일에는 아침부터 계속 불안감과 긴장감이 맴돌았었다. 점심시간이 되고 빠르게 컴퓨터실로 갔을 때 생각보다 많은 학생이 있어서 놀랐다. 최대한 긴장하지 않은 척하면서 컴퓨터를 켜 뭐라도 하는 척 cmd을 켜서 아무거나 쳤다. 면접은 한 번에 3명씩 들어가 한 질문에 순서대로 질문하는 형식이었다. 내 차례가 되고 나와 모르는 애 2명이 함께 들어갔다. 가장 첫 질문은 '우리 동아리에 왜 오게 되었는지'였는데, 나는 '중학교 때부터 꿈이 이쪽이어서 지원하게 되었다.'라는 식으로 말했던 것 같다. 그리고 다음 질문은 '우리 동아리에서 하고 싶은 것이 무엇이냐'라고 물었고, 나는 '프로그래밍으로 게임 같은 것을 만들면 재미있을 것 같다'라고 답했던 것 같다. 마지막으로 '마지막으로 할 말이 없냐'였는데, 그냥 없다고 했다. 면접 볼 때 내가 대답을 가장 마지막에 해서 좋았던 게 앞 친구 대답을 듣고 참고할 수 있어서 안 더듬고 깔끔하게 대답할 수 있었던 것 같다. 면접을 무사히 마치고 그날 청소시간에 합격했다는 통보를 받고 진짜 옆에 있던 친구를 끌어안고 좋아했던 기억이 난다.

이 글을 쓸 때쯤 생각해 보니까 그때 대답을 생각해서

간 것 치고는 너무 못했다는 거랑 너무 떨었다는 사실이 가끔 이불킥을 유발하는 것 같다. 또 내가 2학년이 되어서 면접관이 되어 심사할 때 뭔가 기분이 새롭고 지금 면접을 보는 1학년의 심정을 너무 잘 알 것 같았다. 동아리 면접 때 웬만하면 동기, 동아리에서 할 것 위주로 물으니까 너무 긴장하지 말고, 또 마지막으로 하고 싶은 말 없는지 물어볼 때는 꼭 없다고 하지 말고 자기 어필을 더 하도록 노력하자.

#5 내신

고등학교 때 치는 시험들은 초등학생, 중학생 때 치는 시험이랑은 중요도 자체가 다르니 절대 쉽게 생각하면 안 된다. 일단 대충 쳐도 중학교는 들어가는 초등학생 때랑 대구 기준으로 과고, 외고, 자사고 가지 않으면 80%만 넘겨도 인문계는 들어가는 중학교 때와는 다르게 고등학교는 바로 대학 입시와 직결되기 때문에 1학년 때부터

농사를 아주 잘 지어나야 한다. 또 시험만큼 수행평가가 중요한데, 대부분 내신의 30% 정도 차지한다. 물론 수행평가가 대부분 점수를 까기보다는 주는 목적으로 있지만, 학생들이 '수행평가는 대충 해도 된다'라는 경향이 있는데, 전혀 그렇지 않으니까 진짜 제발 시험만큼 중요하게 생각해 줬으면 좋겠다. 중학교 때는 아마 성적이 절대평가로 A/B/C/D/E가 나뉠 것이다. 고등학교 때는 폼으로만 있는 절대평가(성취도 A/B/C/D/E) 속에 진짜 알맹이인 상대평가(9등급제)가 있다. 진짜 성취도는 모든 선생님과 학생들이 거들떠보지도 않고 대부분 내신등급에 신경쓸 것이다. 9등급제는 말 그대로 상대평가로 과목마다 1~9등급으로 나뉘는데, 이는 정규분포를 따른다. 인터넷에 치면 어디까지가 몇 등급인지 잘 나올 것이다. 또 과목마다 수업시수(일주일에 들어 있는 수)가 있는데 이게 큰 과목일수록 내신에 큰 영향을 미친다.

내 경우를 말하자면 일단 나는 이 사실을 전혀 몰라서 1학년 때 그냥 던졌다. 공부 하나도 안 하고 그냥 중학교 때처럼 대충 치고 '잘 치면 좋고 못 치면 그냥 그렇고'

라는 생각으로 시험에 임했다. 물론 성적은 저 밑에 있었고, 그래도 그걸 별로 대수롭지 않게 여겼다. 지금 생각해 보면 진짜 미친놈이다. 또 신이 내린 감각으로 수업 시수가 낮은 거만 잘 치고 높은 것은 못 치는 경지에 도달해서 1학년 때 내신등급이 진짜 개판이다.

또 하나는 지극히 개인적인 생각인데 9등급제는 정말 쓰레기 같다. 그냥 몇 퍼센트인지로 표시하면 될 것을 꼭 등급으로 나눠서 N등급 1등과 꼴등이 대입 때 똑같은 점수를 받고, 커트라인에 걸려서 한 등수 차이로, 0.1점 차이로 등급이 나뉘면 그게 또 대입 때 점수가 낮아지니 운이 좋으면 몰라도 운이 안 좋으면 진짜 집에 가서 펑펑 울 정도로 기분이 안 좋아진다. 그러니 너희들은 꼭 모든 과목을 1등 해서 이런 현상이 일어나지 않도록 하자.

#6 체육대회

체육대회의 시작은 반 티를 정하는 것이다. 여러 사이

트에서 반 티를 찾아서 애들한테 말하고, 그중에서 투표해서 가장 나은 것을 뽑아서 돈을 걷는다. 반 티도 진짜 여러 가지 종류가 나오는데, 일단 가장 대중적이고 평범한 것이 축구복, 한복, 조금 별난 게 있다면 동물 잠옷, 포켓몬 잠옷 정도, 그리고 개인적으로 진짜 입기 싫었던, 입을 뻔했던 바나나(…) 옷 같은 것도 있다. 그리고 무슨 종목을 나갈지 정한다. 놋다리밟기, 단체줄넘기, 이어달리기 등이 있다. 종목을 정하는 게 좀 힘든데 애들이 다 안 하고 싶은 마음이 있고 특히 여자애들은 직접 나서는 애가 거의 없어서 대부분 강제로 지목해야지 겨우 하는 정도이다. 종목을 정하고 나면 반이 입장할 때 퍼포먼스라는 것을 해야 한다. 대부분 노래를 틀어놓고 반마다 짧게 춤을 춘다. 우리 학교는 글로벌 중점 학교여서 각자 나라에 맞게 퍼포먼스를 해야 했다. 그래도 대부분 중간고사가 끝나고 체육대회가 있고 선생님들도 수업시간에 퍼포먼스 연습하라고 하기도 해서 연습할 시간은 충분하다. 여기까지가 준비 기간이다.

체육대회는 일단 각 반별로 퍼포먼스를 먼저 하고 그

후에 개회식을 한다. 그리고 자리에 앉아서 그냥 놀면 된다. 놀다가 자기 종목을 하면 나가서 하고 오고 다시 놀고. 솔직히 놀 방법도 딱히 없는데 그냥 이야기하거나 사진 찍거나 산책을 한다. 응원상이 있긴 하지만 응원을 별로 안 한 것을 생각하면 그다지 탐나지 않았던 것 같다'. 그래도 체육대회의 꽃인 계주는 놀던 애들도 와서 응원한다. 모든 종목이 끝나면 폐회식하고 밥 먹고…

#6.5 스승의 날

우리 학교 전통인지는 모르겠는데 스승의 날 때 꼭 체육대회를 한다. 아마 스승의 날 때 일찍 마쳐 주기 싫은 모양이다. 스승의 날이 체육대회와 겹쳐서 밥을 정말 빨리 먹고 와서 준비해야 한다. 학급비를 1000원에서 2000원씩 걷어서 선생님 몰래 반을 풍선으로 꾸미고 칠판에 '선생님 사랑해요~' 같은 문구를 써 놓고 케이크와 과자를 사서 펼쳐 놓고 선생님이 오시기를 기다리다가 오시면

스승의 날 노래를 부르고 다 같이 모여서 케이크와 과자를 먹고 종례하는 형식이다. 매년 비슷한 패턴이어서 선생님도 스승의 날이 되면 대충 눈치를 챌 것 같다. 그러니까 조금 색다르게 준비해서 선생님을 진짜 놀래 보도록 하자.

#7 여름방학

우리 때는 많이 나아졌다고 하지만 그래도 고등학교의 여름방학은 여름방학이 아니다. 보통 방학을 금요일에 하고 주말 쉬고 월요일부터 방학 내내 보충수업이라며 학교에 다시 나오라고 하기 때문이다. 따라서 실질적으로 쉬는 기간은 1주일 정도밖에 안 된다. 여름 방학식은 한 학기의 끝을 상징하기 때문에 '벌써 고등학교 생활의 1/6이 지나갔구나!'라는 생각과 1학기의 성적이 나오기 때문에 '내가 진짜 공부를 안 했었구나!'라는 생각을 할 수 있다. 여름 방학식을 하고 방학이 아닌 방학이 시작된다.

여름방학 보충도 일반 등교 시간과 똑같아서 아침에 일찍 일어나 등교해야 하므로 진짜 하기 싫다. 그래도 보충이라서 일찍 마치긴 하지만 학교에 간다는 사실 자체가 정말 짜증나고, 또 보충 후 오자까지 하게 되면 저녁 먹을 시간에 학교에서 나오게 되므로 제대로 쉴 시간도 없이 방학을 끝낼 수도 있다. 보충은 일반 수업과 비슷하게 그냥 배정형으로 하는 곳도 있고, 아니면 수강신청을 해서 선택형으로 하는 경우가 있는데, 우리 학교의 경우 전자였다. 그래서 정규수업 느낌이 많이 나서 방학인 것을 체감하지 못했다. 또 시간표도 진짜 가관인데 예체능이 빠지고 국어/영어/수학/과학만 해서 하루에 영어가 3번 들어있거나 하는 경우도 많이 생겨 보충을 째고 싶게 만든다. 그래도 방학 때 집에서 아무것도 안 하는 것보다는 보충을 듣는 것이 훨씬 낫다고 본다. 그래도 공부는 하니까.

#8 축제

중학생이라고 해도 축제에 대해서 어느 정도는 알 것이

다. 보통 2일 정도, 밤늦게까지 부스 운영, 공연 등을 하는 날을 축제라고 한다. 내가 중학생 때는, 축제가 진짜 재미없고 별로 할 게 없어서 그냥 친구들과 반에서 TV로 게임을 봤었다. 그래서 나는 고등학교 축제가 정말 재미있을 줄 알았다.

우리 학교가 공립이어서 그런지는 모르겠는데, 축제를 하루만 하고, 4시 반에 끝나며, 동아리 부스 운영을 딱 2~3시간만 하고, 밥 먹고 공연하고 끝난다. 내가 부스 운영을 3시간만 한다는 사실을 알았다면 나는 축제를 그냥 대충 넘겼을 것이다. 일단 나는 소프트웨어 동아리이기 때문에, 우리 동아리에서는 주로 공학 쪽에 가까운, 예를 들면 펌프(PUMP IT UP)라던가, 뽑기 기계 같은 것을 만들었다. 우리 학교가 좀 이상했던 것이 축제가 시험 끝나고 10일 후였기 때문에, 매일 보충과 야자를 빼고 밤 9시까지 남아서 만들었었다. 우리 조는 뽑기 기계를 맡았는데, 사용한 부품이 거의 다 처음 써보는 부품이었기 때문에 계속 헤딩하고 인터넷 찾아보고 심지어 축제 바로 전날에는 친구 집에서 밤을 꼬박 새우면서까지 만들었다. 이렇게 열심히 고생고생하면서 다 만들었는데 10시에 전시를 시작해서 우리 동아리에 좀 있다가 다른 동아리 구경 좀 하고 와서 밥을 먹고 왔더니 부스를 치우고 있었다. 아직도 그때를 생각하면 조금 어이없다.

그렇다고 다른 학교도 이렇게 하는가, 그건 또 아니다. 다른 학교는 거의 이틀씩 하고, 하루는 부스 운영, 하루는 부스 운영 + 공연 이렇게 한다. 또 밤늦게까지 하므로 외부 출입도 가능하다. 공연도 그 학교 학생만 하지 않고 다른 학교에서도 와서 한다. 유독 우리 학교만 이렇다. 물론 일찍 마치는 게 좋은 사람도 있겠지만, 그래도 일년에 한 번밖에 없는 날인데 좀 길게 해줬으면 좋겠다.

참고로 그 다음 해에 축제를 이틀 동안 할 뻔했는데, 그 이틀도 첫날은 정규수업 다 하고 2시간, 두 번째 날은 오전에 부스 운영 조금 하고 밥 먹고 공연하고 4시 반 퇴근이었다. 수능 연기로 일주일 연기되면서 하루가 줄었다. 그러니까 이런 항목도 고등학교를 선택할 때 고려하도록 하자.

'나'의 경험

공수정

다스(DAS)

　다스(DAS)란 '달서구 고등학교 과학 동아리 학생연합회'
의 약자인데 다스에서는 일 년에 한 번 달서구민들을 대
상으로 하는 창의과학 페스티벌을 주최하고 있습니다.
창의과학 페스티벌은 다스에 소속되어 있는 동아리들이
과학 체험 부스를 운영하면서 달서구민들에게 과학을 좀
더 재밌고 쉽게 다가갈 수 있도록 돕는다는 목적을 가지
고 있는 축제입니다. 제가 속한 동아리 역시 다스에 소
속되어 있어 '오호(ooho) 만들기'를 주제로 창의과학 페스
티벌에 참가해 부스를 운영했습니다. 오호는 해조류에서
추출한 알긴산 나트륨 용액이 젖산칼슘과 만나 막을 형성
하면서 그 안에 물 등의 음료를 가두게 되는데 안의 음료

를 마실 때 막과 함께 먹을 수 있는 장점을 가지고 있습니다. 그래서 먹을 수 있는 물병이라고 불리기도 합니다. 오호를 만드는 과정은 어렵지 않지만 만드는 사람마다 알긴산 나트륨 용액을 만드는 비율, 젖산칼슘 용액을 만드는 비율이 제각각이라 적절한 비율을 찾고, 만들기 편하고 잘되는 도구, 오호를 깨지 않고 이쁘게 만드는 요령 등을 위해 축제를 준비하는 기간 동안 다 같이 여러 번 남아서 실험해 보고 연습해 보았습니다. 시험이 비교적 빨리 끝나 시간이 좀 넉넉했던 다른 학교 동아리들과 달리 저희 동아리에겐 시험 후 다스까지 일주일이란 시간밖에 남지 않아 그 안에 실험을 하고 오호를 설명해 줄 전지 유인물, 재료 준비까지 매우 촉박하게 진행되었습니다.

축제는 토, 일 이틀 동안 진행되었는데 아이부터 어른까지 다양한 연령층의 사람들이 축제에 참여했고 둘 다 많았지만 특히 일요일에 정말 많은 사람들이 왔습니다. 밀려오는 체험자들에 다른 부스 체험은 꿈도 못 꾸고 부스에 박혀 있었습니다.

오호에 대한 반응은 정말 극과 극이었는데 맛있다고 하

는 사람들도 많았지만 이상한 표정을 짓는 사람들도 많았습니다. 오호 껍질의 식감이 특이해서 저 또한 처음에는 정말 이상한 표정으로 먹었기 때문에 이해가 되었고 이상한 표정을 지으며 먹는 체험자 앞에서 살짝은 미안하고 살짝은 뻘쭘한 느낌을 가지고 서 있었습니다. 그래도 다행히 많은 사람들이 체험을 하며 신기해 하고 재밌어 해주셔서 감사했습니다. 앞에선 사람이 많아서 설명해 주고 실험한다고 정신없고, 뒤에선 얼마 되지 않는 공간에서 재료 만들고 설거지해 오고 쓰레기 버린다고 정신없고… 정말 바쁘고 힘든 부스 운영이었지만 그래도 힘들었던 준비와 연습 덕분에 무사히 페스티벌을 끝낸 것 같아 다행이라고 생각했습니다.

글을 쓰면서 다시 생각해 보니 애기들부터 또래 고등학생, 어른들까지 다양한 사람들에게 수준에 맞는 설명을 해주면서 오호에 대해 낯설어도 했지만 신기해 하고 재밌어 하는 사람들을 볼 때마다 뿌듯하고 재밌어했던 것 같습니다. 모르는 사람에게 다짜고짜 한번 해보라고 말도 걸어보고 자리에 앉기도 권유해 보면서 제가 사람 만나는 일을 좋아하는구나라는 생각도 들었습니다.

적어도 고등학교 때는 이런 경험을 다시 하기는 힘들겠지만 그후에라도 이런 재능 기부나 일을 해보고 싶다는 생각이 들었습니다. 다스라는 특별한 경험을 하고 나니 평소에 제가 알지 못하던 부분에서 제가 성취감을 얻고 흥미를 느꼈다는 것을 알 수 있었습니다. 이 경험 덕분에 저는 많은 걸 알고 느끼게 된 것 같습니다. 여러분도 새로운 체험을 해보며 평소 알지 못했던 분분에서의 성취감과 흥미를 느껴보는 게 어떤가요?

글로벌 리더십 컨퍼런스

저희 학교에는 글로벌 리더십 컨퍼런스라는 교내 활동이 있습니다. 학생들이 주최하여 면접, 계획, 준비, 활동을 모두 학생들이 하는 활동입니다. 글로벌 리더십 컨퍼런스는 매년 주최하는 학생들이 바뀌기 때문에 활동 내용 또한 비슷할 때도 있고, 다를 때도 있습니다. 제가 참여했을 때는 모의국회, 토론, 그리고 세계문화유산 ppt, 이세 가지 활동을 했었는데 정말 준비 기간도 길었고 활동도 토, 일 이틀이나 했던, 엄청 기억에 남는 활동이었습니다.

첫 번째로 세계문화유산 ppt는 현재 여러 나라들이 유네스코 세계문화유산으로 등재시키려고 하는 여러 문화유산들을 각 조당 하나씩 맡아 퍼포먼스를 하면서 문화유산에 대한 설명과 함께 세계문화유산으로 등재시켜야 하는 이유 등을 설명하는 것입니다. 저희가 발표해야 했던 곳은 마마예프 쿠르간이었는데 우포늪 등 유명하고 한글로 된 자료도 많은 곳과 달리 마마예프 쿠르간은 한국에서 인지도도 적고 자료도 거의 없었습니다. 또한 주최자 급인 멘토들이 준 자료는 영어로 된 자료였으며 전쟁참전 군인 추모비 등 군사적 관련이 있는 문화유산이었기 때문에 전문용어가 많아 해석도 힘들었습니다. 하지만 ppt와 함께 퍼포먼스를 함께 하는데 다른 조들은 거의 대부분 그저 연극이었지만 저희 조는 노래를 개사하고 직접 짠 율동, 안무를 이용한 뮤지컬을 했습니다. 15분 남짓이었지만 준비하면서 맥도날드에서 새벽 2시까지 있어보기도 하고 저녁에 아파트 놀이터에서 춤을 맞춰보기도 했는데 준비 과정도 너무 재밌었고 결과도 엄청 만족스럽게 나와 정말 기억에 남았습니다. 토론은 주제가 안락사였는데 저는 원래 그냥 무조건적으로 '안락사는 나쁜 것이니 안락사는 반대해야 한다'라는 생각을 했었습니다. 하지만 찬성 쪽의 주장과 근거를 조사하면서 안락사를 찬성하는 사람들은 이러한 이유 때문에 찬성하는구나 하며 안락사의 이점을 알게 되니 무조건적으로 안락사를 반대해야 한다고 생각했던 전과 달리 어느 정도는 안락사가 필요할 때도 있다는 생각을 하게 되었습니다. 이렇게 안락사는 저에게 세계문화유산 피피티처럼 정말 재밌었다라는 생각을 들게 하진 않았지만 작은 부분에서라도 생각의 폭을 넓히는 계기가 되었습니다.

모의국회는 주어진 당의 이념에 맞춰 각 부서별로 법안을 만들어 통과시키는 것을 목표로 하는 것인데 제가 속한 부서에서는 무인자동차에 관련된 법안을 만들었습니다. 처음엔 정말 막막했지만 관련 법안들도 찾아보고 자료도 찾아보면서 실제로 무인 자동차가 상용화된다면 어떤 문제가 생길지, 그리고 그런 문제들을 어떻게 해결해 나가야 할지 등을 생각해 보면서 법을 만들기 시작했습니다. 법을 만들고 계속 고치면서 생각보다 다양한 위치에 있는 사람들을 생각하면서 법을 만들어야 했습니다. 안전을 생각하면 운전이 가능한 사람이 무인 자동차에 한 명 이상 타고 있어야 하겠지만 무인자동차의 목적 중 하나가 시각 장애인 등 신체적인 불편함 때문에 운전을 할 수 없는 사람들이 지금보다 더 자유롭게 이동할 수 있게 돕는 것인데 그런 걸 생각하면 운전 가능한 사람이 타고 있어야 하는 것은 이런 무인자동차의 이점을 이용하지 못하는 것이다 등의 다양한 것을 고민해 법안을 수없이 고쳤습니다. 이렇게 법안을 만들고 나니 대다수의 사람들이 아닌 소수의 사람들 또한 우리와 함께 이 사회에 살고 있기 때문에 소수의 사람들도 불편하지 않은 사회가 될 수 있도록 해야겠다라는 생각이 들었습니다.

글로벌 리더십 컨퍼런스를 하면 물론 생활 기록부에도 적히고 자소서에 쓸 것도 생기겠지만 저는 그것보다 제가 다양한 경험을 할 수 있었다는 것이 더 좋았던 것 같습니다. 살면서 이렇게 확실히 생각에 변화가 생겼다는 느낌을 받는 일은 자주 없을 것 같다라는 생각이 들 만한 경험이었던 것 같습니다. 여러분도 다양한 교내 활동이나, 다른 무언가에 참여하면서 여러 경험을 쌓아보는 것도 좋지 않을까요?

잠

저는 평소 수업시간에는 잠을 자는 일이 거의 없다고 말할 수 있을 것 같습니다. 그렇다고 전혀 수업시간에 잠이 오지 않는다던가, 아니면 피곤하지 않다던가 하는 건 아닙니다. 하지만 가끔 어떠한 이유로 인해 너무 늦게 잔다던가, 아니면 유독 피곤함을 느낄 때는 수업시간에 저도 모르게 잠에 들게 됩니다. 티 안 나게 꾸벅꾸벅 존다던가, 고개를 푹 숙이고 잔다던가 하는 친구들도 많지만 저는 고개를 빳빳하게 들고 있다가 저도 모르게 졸면 고개가 뒤로 팍 넘어간다던가, 아니면 버티지 못하고 책상에 엎어지는 편이라 졸다가 깨다가 하는 것은 상상도 할 수 없습니다. 차라리 개운하게 푹 자고 일어나면 정신이 맑아지는 경우도 많지만 학교에서 드는 잠은 항상 중간에 선생님이 깨우신다던가, 아니면 자다가 다음 시간이 시작해 친구가 깨우는 경우가 대다수기 때문에 자고 일어나서도 피곤해서 잠에 취해 정신을 못 차리는 경우도 많습니다. 그렇게 되면 잠든 시간의 수업도, 자고 일어나서 잠에 취해 있는 시간의 수업도 놓치게 됩니다. 저는 이과인데 특히나 수학시간에 일 년에 책 4권을 떼야 해서 말도 안 되게 빠른 진도를 놓쳐 다음 시간에는 앞에 부분을 몰라 전혀 이해를 할 수 없는 상황에 이르기도 합니다. 앞 시간을 놓친 수학시간에는 뒤에 내용을 들어도 전혀 이해를 할 수 없기 때문에 수업시간에 아무것도 못하고 멍 때리는 것 밖에 할 게 없게 됩니다. 그럴 때는 정말 차라리 한 시간 인강 들으면서 앞에 부분을 공부하고 싶어집니다. 멍 때리고 있는 1시간이 너무 아까워지는 기분이 들기 때문입니다. 그렇기 때문에 저는 정말 시간을 유용하게 사용하면서 성적을 올리고 싶다면 수업시간에 절대 졸지 말라고 해 주고 싶습니다. 시험문제를 내시는 선생님이 뚝뚝 흘리는 시험 포인트를 잡는 것이 전 범위를 똑같은 중요도로 생각해서 똑같이 다 열심히 하는 것보다 훨씬 효율이 좋을 것이라고 생각합니다. 그렇기 때문에 학교에서 안 자면 가장 좋겠지만 학교에서 한숨도 못 자면 얼마나 피곤한지 아는 저로써 절대 자지 말란 소리는 못하겠지만 적어도 수업시간에는 졸지 말고 집중하는 학생이 된다면 공부의 효율이 높아지고 똑같은 시간을 공부해도 성적을 더 올릴 수 있을 것이라고 생각합니다. 그래서 제가 최대한 지키려고 하는 게 시험기간에는 학교에서 자지 않는 것이고 자더라도 자습시간과 쉬는 시간을 최대한 이용하는 것입니다. 저는 여러분들에게도 성적을 올리고 싶다면 제일먼저 학교 수업태도를 되돌아보라고 하고 싶습니다. 혹시라도 수업시간에 많이 잔다 싶으면 집에서 늦게까지 공부하지 말고 일찍 자고, 수업시간에 집중하는 것이 더 효율적일 것이라고 말해 드리고 싶습니다. 적어도 딱 하루만이라도 일찍 자고 학교에서 자고 싶어도 잠이 안 와서 못 자고 수업을 듣게 되는 경험을 해 본다면 제가 무슨 의도로 말을 했는지 확실히 느낄 수 있을 것입니다. 한번 속는 셈 치고라도 일찍 자고 개운하게 일어나 학교에 가 보는 건 어떨까요?

봉사

저는 동물을 좋아해서 항상 기회가 된다면 유기견 보호소에서 봉사를 해보고 싶었습니다. 하지만 집 주변에서 가장 가까운 보호소라고 해봤자 지하철을 타고, 시내버스로 갈아타 왕복 3시간이 걸리는 거리를 가야 합니다. 심지어 팔공산으로 가는 급행버스라 사람도 어마무시하게 많이 타서 주말밖에 시간이 안 되는 저희가 주말에 그 버스에 타면 무조건 일어서서 버스만 30분 가량을 타고 가야합니다. 또한 아무리 봉사자분들이 와서 도와주신다고 해도 수많은 개와 고양이 때문에 날리는 털과 냄새는 어쩔 수 없는 고통입니다. 그곳에 동물을 귀여워 할 줄만 아는 친구들에게 완전 힘들게 가서 냄새와 털, 그리고 시끄러운 그곳에서 고생하다가 다시 힘들게 집까지 돌아오자 라고 권할 수가 없어 항상 마음만 갖고 있었습니다. 그러던 어느 날 동아리에서 유기견 보호센터로 봉사를 가자는 얘기가 나와서 희망자만 주말에 모여 봉사를 하러 가게 되었습니다. 약 50분~한 시간 가량을 지하철을 타고 30분 정도 급행버스를 타고 10분 정도 걸어가서 도착한 유기견 보호센터는 생각보다 훨씬 넓고 많은 개들이 있었습니다. 저희는 6~7명 정도가 함께 갔었는데 그날은 어느 단체에서 강아지들에게 구충약을 먹이기 위해 단체로 봉사를 오신 날이었습니다. 그래서 강아지들 약 먹이는 것도 도와 드리고 물 그릇을 씻어 깨끗한 물을 채워주기도 하고 똥도 치우고 빨래되어 널어져 있던 이불을 개기도 하였습니다. 그렇게 피곤한 몸을 이끌고 다시 버스를 타고 가서 지하철역에서 깨끗한 옷으로 갈아입고 서서 지하철을 타고 온 뒤 집에 와서 정말 피곤해서 엎어져 학원을 가야한다는 사실조차 잊고 잠들어 버렸습니다. 그날 너무 피곤하고 힘들었지만 좋아하는 무언가를 위해 내가 할 수 있는 것을 열심히 하니까 정말 뿌듯하고 재밌었던 것 같습니다. 또한 봉사를 하면서 강아지들을 만져주면 강아지들이 엄청 애교를 부려서 이쁘고 귀여워서 오히려 저희가 힐링 받고 온 것 같기도 합니다. 대학을 위해서 싫고 귀찮은 봉사를 하는 게 아니라 진짜 호기심이 있고 관심 있는 분야에서 봉사를 해본다면 분명 뿌듯함과 성취감을 느낄 수 있을 것 입니다. 진심으로 한 봉사는 꾸며지지 않은 진심으로 분명 대학을 갈 때도 도움이 될 것입니다.

여러분도 좋아하는 것을 위해, 좋아하는 것이 아니더라도 관심 있고, 호기심 있는 봉사를 해보는 건 어떨까요?

조금씩 다른 점들

ㅁㅈㅁ : ○○년생. 남자.

공립 인문계 재학

고1부터 3년간 소방 공무원 준비. 내년 4월 첫 시험.

1Q. ㅇㅈㅇ : 인문계 고등학교에 진학해서 대학진학이 아
닌 공무원 시험을 준비하게 된 특별한 이유가 있나
요? 왜 많은 공무원 중에 소방 공무원 준비를 하게
되었나요?

A. ㅁㅈㅁ : 초등학교 다닐 때 현장 체험학습으로 직업
조사로 소방서를 가게 됐었어요. 그때는 그저 소방
관 분들이 너무 멋있어서 좋아했었는데 중학생이 되
도 계속 관심이 있고 흥미가 느껴져서 알아보다가
고1 때부터 제대로 준비하기 시작했어요.

ㅇㅈㅇ : 아 그럼 공무원이 되고자 소방공무원 시험을 준
비하는 게 아니라 소방관이 되고 싶어서 알아보다가

바로 공무원 시험을 준비하게 된 거였군요.

ㅁㅈㅁ : 네. 그런 맥락이죠.

2Q. ㅇㅈㅇ : 소방공무원이 되려면 바로 소방공무원 시험에 합격하는 방법도 있지만 대학교의 소방방재학과 등 소방 관련 학과로 진학하게 되면 시험 특채가 있다고 들었는데 굳이 바로 시험을 치는 방식을 선택한 이유가 있나요?

A. ㅁㅈㅁ : 아, 소방 관련 학과로 진학하면 시험 칠 때 영어를 보지 않아도 돼요. 꽤나 끌리는 특채 조건이었지만 그래도 학원에서 배울 수 있는 내용을 한 학기 400~500만 원씩 주면서 졸업하기까지 몇 년 동안 시간을 보내는 것보다는 고등학교 때 공무원 시험 준비를 하다가 졸업 후 바로 시험을 치는 게 좀 더 괜찮은 방법이라고 생각했어요.

3Q. ㅇㅈㅇ : 평소 소방공무원 정보를 얻을 땐 어디서 얻나요?

A. ㅁㅈㅁ : 인터넷에 공시생들끼리의 커뮤니티나 블로
그, 사이트 등이 많긴 한데요. 전 학원에서 많이 도
움을 받고 있어요. 아무래도 시간 들여 정보를 찾지
않고 질문할 수 있는데다가 인터넷과 달리 질문하면
바로바로 믿을 만한 선생님으로부터 대답을 들을 수
있다 보니까 다른 방법보다 좀더 자주 찾게 되네요.

4Q. ㅇㅈㅇ : 학원을 다니신다고 했는데 처음부터 학원을
다니신 건가요? 학원 비용은 어떻게 되나요?

A. ㅁㅈㅁ : 처음엔 독학으로 시작했는데 아무래도 뭐가
더 중요한지 덜 중요한지도 모르고 무작정 통째로
외우기만 하니까 시간도 많이 들고 암기 효율도 너
무 떨어지더라고요. 그래서 안 되겠다싶어 어머니
지인이 계신 학원에 등록하게 됐어요. 동성로에 학
원이 2개 있는 걸로 아는데 제가 다니는 학원은 2달
에 50만원 정도예요. 일주일에 4번 가는데 평일에
는 4~5시간, 주말엔 10시간 가까이 공부하는 것 같
네요. 확실히 학원을 다니니까 중요한걸 더 강조해

주시고 시험 기출문제도 뽑아 주고 공부하는 요령도 알려 주셔서 훨씬 효율적인 공부가 가능하다고 느꼈어요. 독학할 때보다 주변 분위기나 선생님이 계시니까 집중도 훨씬 잘되더라고요.

5Q. ㅇㅈㅇ : 고등학교를 다니면서 하루에 9시간가량을 학교에서 수업을 들으면서 보내는데 학교에서 혼자 다른 내용을 공부하기 시끄럽지 않나요?

A. ㅁㅈㅁ : 아무래도 많이 시끄러울 수밖에 없어요. 수업시간에 귀로 듣는 소리와 눈으로 읽는 내용이 달라 집중하기 절대 쉽지는 않더라고요. 선생님껜 죄송하지만 학교에서는 틈틈이 많이 자고 하교 후 학원과 집에서 늦게까지 공부하는 편이에요. (웃음)

6Q. ㅇㅈㅇ : 시험은 쳐 보신 적 있나요?

A. ㅁㅈㅁ : 만 18세 이상부터 시험을 칠 수 있긴 한데 저는 졸업 후 그해 4월에 칠 예정이에요.

7Q. ㅇㅈㅇ : 마지막으로 대학 진학이 아닌 공무원을 목 표로 시험을 준비하게 될 학생들에게 해주고 싶은 말이 있을까요?

A. ㅁㅈㅁ : 음. 선생님들이 공무원 시험 준비 대신 대학 을 가라고 권유하시기도 해요. 그런 권유로 넘어갈 정도의 각오라면 애초에 그냥 대학진학을 목표로 공 부하시길 추천드려요. 공무원 시험을 준비하게 되 면 전력으로 대학입시를 준비하는 친구들보다는 내 신 시험과 수능을 준비하는 시간이 훨씬 적어서 중 간에 대학진학으로 목표를 바꾸면 초반에 놓친 내신 점수와 시간이 많이 아쉬울 거예요. 고등학교 때부 터 공무원 시험을 준비할 때는 정말로 하고 싶은 게 맞는지, 공무원 시험을 준비하면서 놓치게 될 많은 것들을 기꺼이 포기할 수 있는지, 자신에게 가장 적 절한 방법인지 고민하고 또 고민해 본 뒤 결정하는 것이 제일 중요하다고 생각해요. 그리고 마음먹게 된다면 책으로만 독학하는 것보다는 커리큘럼을 잘 갖춘 학원이나 인터넷 강의를 추천할게요.

1Q. ○ㅈ○ : 체대입시 준비를 시작하게 된 특별한 계기
　　　　가 있나요?

A. - ㅅ - : 처음 고등학교에 입학했을 때는 제 자신이 뭘
　　　　하고싶은지조차도 정하지도 못한 채 고등학교 3년
　　　　을 어떻게 준비해 나가야 할지 방향도 못 잡고 고등
　　　　학교 1학년 초반을 보냈었던 것 같아요. 그때 아는
　　　　형을 만났었는데 제가 아직 뭘 해야 할지 모르겠다
　　　　고 하니까 권유해 주던 게 체대입시였어요. 평소 운
　　　　동하는것도 좋아했었고 알아보다 보니 관심도 생겨
　　　　서 학원에 등록하게 됐었어요.

Q. ○ㅈ○ : 그럼 보통 공부보다는 운동을 중점적으로 하
　　　　시는 거예요?

A. - ㅅ - : 많은 사람들이 운동한다고 하면 공부 안하고

운동만 한다고 생각하는데 체대입시는 대회 실적으로 대학가는 게 아니라서 운동하면서 공부도 해야 해요. 성적을 기본 베이스로 원서를 내고 실기를 치러 가는 거라 공부도, 운동도 열심히 하는 게 중요해요.

2Q. ㅇㅈㅇ : 체대입시 준비를 하게 되면서 운동과 공부를 병행하면서 둘 다 열심히 해야 하는데 유독 힘들다고 느끼는 점이 있었나요?

A. -ㅅ- : 아무래도 운동 하면 맨날 하는 게 달리고 점프하고 하니까 체력적으로 정말 힘들더라고요. 평일엔 심지어 학교 마치고 저녁에 운동 가면 밤 늦게 마치니까 집에 가면 너무 피곤하더라구요. 씻고나면 피곤해서 눈에 보이는 게 침대 밖에 없어서 공부를 잘 못하겠더라구요. 그래서 보통 평일엔 거의 못하고 주말에 몰아서 공부를 했어요. (웃음)

Q. ㅇㅈㅇ : 운동은 보통 몇시까지 하나요?

A. -ㅅ- : 그때그때 상황따라 다르긴 했지만 보통 시즌, 비시즌으로 나눠서 시즌이 아닐 때는 일주일에 3번

한번 갈 때 7시부터 9시까지, 시즌이나 방학 때는 오전 10시부터 9시까지 했어요.

Q. ㅇㅈㅇ : 학원 비용은 어떻게 되나요?

A. ㅡㅅㅡ : 비시즌일 때는 한달에 35만 원, 시즌일 때는 2달 조금 넘어서 260만 원이었어요. 방학도 보통 시즌이에요.

3Q. ㅇㅈㅇ : 체대입시 하면서 힘들어서 그만두고 싶다는 생각한 적 있나요?

A. ㅡㅅㅡ : 체력적으로는 몸이 많이 피곤했어도 원래 운동 좋아하고 그래서 그만두고 싶다는 생각은 안 했어요.

Q. ㅇㅈㅇ : 중간에 포기하는 친구들이 많은 편인가요?

A. ㅡㅅㅡ : 많지는 않은데 힘들어서 포기하는 애들도 없지는 않죠. 중간에 진로가 바뀌어서 나가는 애들도 종종 있어요.

4Q. ㅇㅈㅇ : 체대입시 준비하면서 특히나 좋았던 점이

있나요?

A. -ㅅ- : 일단 체대입시 하는 애들끼리 맨날 모여서 운동하니까 애들끼리 사이가 엄청 돈독해요. 맨날 모여서 맨날 고생하니깐요.(웃음) 그리고 전 실기 치는 종목 운동 자체를 재밌게 하고 있어요.

Q. ㅇㅈㅇ : 종목 운동이라고 하면 어떤 게 있나요?

A. -ㅅ- : 음. 일단 제가 실기 치는 건 Z런(이름 그대로 Z자 달리기)이랑 제자리멀리뛰기, 핸드볼 던지기, 그리고 100미터 달리기예요. 그중에서 전 특히 핸드볼 던지기가 재밌더라고요.

5Q. ㅇㅈㅇ : 첫 실기 치러 갔을 때 느낌이 어땠나요? 자신만의 긴장 푸는 방법이 있나요?

A. -ㅅ- : 첫 실기 때는 정말 긴장을 많이 했었어요. 그래서 그냥 다 운동 못하게 생겼네, 잘하는 애를 봐도 내가 더 잘하네 이런 생각을 했었어요.(웃음) 그렇게 첫 실기를 끝내고 두 번째부터는 학원이랑 비슷하다고 생각이 돼서 별로 안 떨리게 되더라구요.

ㅎㅅㅎ : ○○년생. 여자.

중학교 기숙학교 졸업 후 검정고시로 고등학교 입학.

사립 기숙 고등학교 재학.

1Q. ㅇㅈㅇ : 집 근처 고등학교가 아닌 기숙사 학교를 입학하고자 마음먹게 된 특별한 계기가 있나요?

A. ㅎㅅㅎ : 음 저같은 경우엔 집 주변 고등학교들이 다 좀 멀어서 그냥 기숙사가 있는 학교를 가려고 마음 먹었어요. 제 주변 친구들 같은 경우엔 보통 가고 싶은 학교를 갔는데 그 학교가 기숙사라서 기숙사에 살고 있는 경우가 대부분이더라구요.

2Q. ㅇㅈㅇ : 통학을 안 하고 기숙사에서 살아서 더 좋다고 느꼈던 점은 있나요?

A. ㅎㅅㅎ : 아무래도 1순위는 등교시간이 엄청 단축되었다는 점이겠죠? 그리고 일단 일반 통학고등학교 같은 경우에는 혼자 보내는 시간이 있는데 기숙사

에 살게 되면 24시간을 친구랑 같이 있어서 훨씬 재 있는 것 같아요. 대신 인간관계에 좀더 신경을 써야 한다는 단점도 같이 있죠. 그리고 기숙사에서도 학 원을 다니는 애들은 다니는데 대부분이 학원보다는 자기주도 학습을 많이 하더라구요.

Q. ㅇㅈㅇ : 그럼 학원 다니려면 보통 집 가는 주말에 나 가서 학원을 다니는 건가요?

A. ㅎㅅㅎ : 다른 학교에서는 그런 경우가 많은 것 같던 데 저희 학교에서 제일 많은 유형은 야자시간에 외 출증 끊어서 학교 근처 학원을 다녀요. 좀 나가면 학원이 꽤나 있거든요.

Q. ㅇㅈㅇ : 그럼 주말에 집 안 가고 기숙사에 계속 있어 도 상관 없나요?

A. ㅎㅅㅎ : 3학년 1학기까지는 2주에 한 번씩 나갔었는 데 2주에 한 번씩 나가는 것도 자율이었어서 매주 나가는 애들은 나가고 그랬었어요. 근데 이제는 법 이 바뀌어서 주말에 무조건 나가야 해요.

3Q. ㅇㅈㅇ : 학비는 어느 정도였나요?

A. ㅎㅅㅎ : 저희 학교는 공립이었어서 기숙사비 포함 50
만 원 정도였던 것 같아요. 그리고 공립인데 저희
군에서 지원도 좀 받았었던 것 같아요.

4Q. ㅇㅈㅇ : 기숙사에 살면서 특히나 불편했던 점이 있
나요?

A. ㅎㅅㅎ : 처음에 화장실 적응 못하는 애들도 많았고
공용 샤워실이라서 부끄러워 하는 애들도 많았어
요. 화장실은 그래도 보통 한학기 정도면 다들 적응
끝내더라구요. 그나마 다행이죠?(웃음) 그리고 집에
뭐 나두고 오면 가족이 직접 가져다 주거나 주말에
가서 가지고 와야 한다는 건 많이 불편하더라구요.

5Q. ㅇㅈㅇ : 기숙사 학교에 입학을 고민하는 친구들에게
해주고 싶은 말 있을까요?

A. ㅎㅅㅎ : 대부분 기숙사 있는 학교는 입학 커트라인이
높은 편이라서 대부분이 내신따기가 힘들어요. 근

데 요즘 입시 추세가 정시보단 수시가 늘어나는 추세라서 고민 많이 해보고 오는 게 중요한 것 같아요. 공부 분위기가 좋다고 해서 들어와서 정시 준비하면서 후회하는 경우도 많거든요. 진짜 공부 분위기가 최우선이라면 그래도 정말 괜찮은 것 같아요. 그래도 자기가 갈 학교는 자기가 잘 알아보고 많이 고민해 보는 게 중요한 것 같아요.

6Q. ㅇㅈㅇ : 마지막 질문으로 기숙사 하면 궁금한 게 배달음식 썰인데 혹시…?ㅎ

A. ㅎㅅㅎ : 음 일단 뭐 다들 아시다시피 안 하다가 처음 하면 딱 그때 걸리고, 맨날 하던 애들은 맨날 안 걸리는 건 정말 그렇더라구요. 옛날엔 창문으로 긴 끈에 바구니 달아서 받아먹었다고 하던데 저희 때는 1자습시간이라고 하는 시간이 있는데 그때 여자 기숙사에는 사감선생님이 안 계셔서 그냥 나가서 무단외출해서 사먹었어요. 다행히 전 계속 했어서 그런가 안 걸리더라구요. (웃음)

고등학교 선택의 길잡이

김지한

대한민국이라는 나라는 그 어느 나라보다 자신의 대학교, 즉 학벌이 중요하다. 대학에서 전공을 통해 자신의 능력을 쌓는 것보다 대학 학벌이 취업, 승진 등 인생의 성공에 더 큰 영향력을 발휘하는 현실이다. 이로 인해 좋은 학벌을 가지기 위한 첫 단계인 고등학교 선택의 중요성은 갈수록 높아져 가고 있다. 그래서 나는 고등학교 선택에 도움이 되는 몇 가지 팁을 소개하고자 한다. 이 글의 주 독자층은 고등학교 선택을 고민하는 중학교 3학년 학생들이다.

　고등학교는 크게 인문계 고등학교(일반고), 자율형 사립 고등학교(자사고), 특수 목적 고등학교(특목고) 그리고 특성화 고등학교로 크게 4가지로 나뉜다.

　위 4가지 고등학교를 선택하기 위해서는 자신의 성적과

특성을 잘 알아야 한다. 나를 예로 들자면 나의 가장 큰 특성은 한 가지 일에 쉽게 잘 빠진다는 것이다. 물론 이것은 나의 장점이 될 수도 있고 단점이 될 수도 있다. 게임에 한참 빠져 살았던 시절에는 치명적인 단점이 되었고 운동이나 공부에 빠졌던 시절에는 장점이 되었다. 초등학생과 중학교 1학년 때까지 평소 책을 읽지 않고 놀기를 좋아했던 나는 그저 평범한 학생이었다. 평일 하루에 6시간, 주말에 8시간을 게임에 빠져 살았기 때문에 성적 또한 좋지 않았다. 특별한 계기로 인해 중학교 2학년부터 공부를 시작해서 성적을 많이 올렸음에도 불구하고, 중학교 1학년 때의 성적으로 인해 고등학교를 선택할 때 특목고는 자연스럽게 제외 선상에 놓일 수밖에 없었다. 특목고를 일찌감치 포기한 상황에서 나에게 선택지는 자사고와 일반고 두 가지 경우밖에 존재하지 않았다.

내가 자사고와 일반고를 선택하는 기준은 '학교 분위기에 내가 영향을 많이 받는가?'였다. 실제로 내 친구들의 경우 자사고를 선택한 가장 큰 이유는 '학교 분위기'였다. 비록 공부를 잘하는 아이들이 많이 몰리기 때문에 좋은 내신 등급을 따기 어렵고 일반고에 비해 학비가 3~4배 정도 비싸다는 단점이 있지만, 학교 분위기 및 수업의 난이도 부분에서 더 우세한 면을 보인다는 장점은 부인할 수 없다.

나의 경우 분위기를 많이 타지 않는 성격과 모의고사보다 내신에 대한 공부방법을 잘 알고 있었기 때문에 자사고보다는 일반고에 관심을 더 가지게 되었다.

인문계 고등학교에는 중학교 성적 상위 10% 이상의 학생을 뽑는 선지원 인문계 고등학교, 일반 공립 인문계 고등학교 그리고 일반 사립 인문계 고등학교가 존재한다. 그러므로 선지원 인문계 고등학교와 일반 인문계 고등학교를 선택하는 것이 필요하다. 하지만 선지원 고등학교도 자사고와 장점과 단점이 비슷하다고 생각해서 나는 일반 인문계 고등학교를 선택하기로 했다.

사실 일반 공립 인문계 고등학교와 일반 사립 인문계 고등학교는 무작위로 추첨되기 때문에 특정 과목 중점 고등학교가 아닌 이상 1지망과 2지망을 선택하는 것이 전부이다. 하지만 1지망과 2지망을 선택하는 것 또한 굉장히 중요한 일이다. 같은 일반 인문계 고등학교라 할지라도 각 학교마다 분위기, 성적 등이 매우 다르기 때문이다.

대학 입시에서 수시가 차지하는 비율이 75%가 넘어가는 시점에서 일반 인문계 고등학교를 선택하는 가장 큰 기준은 '좋은 내신 성적과 비교과를 위한 프로그램이 잘 마련되어 있는가?'라고 생각한다. 자신의 내신 성적을 가장 많이 좌우하는 것은 해당 학년의 재학생의 수준과 학생 수이기 때문에 선택 기준은 당연히 기준을 고려하는 것이 일순위이다.

대구의 경우 내신 최상위권이라고 예상되는 아이들은 1순위가 포항제철고등학교에서 떨어진 아이들, 2순위가 일과학고등학교에서 떨어진 아이들, 3순위가 자사고에서 떨어진 아이들이다. 이 '아이들이 얼마나 그해 자신의 고등학교로 많이 오는가?'는 나의 내신 성적에 매우 큰 영향을 미친다. 실제로 나의 경우 포항제철고등학교에서 온 학생은 한 명도 없었지만 일과학고등학교에서 떨어져서 온 아이들이 무려 6명이나 있었다. 다른 일반 인문계 고등학교에서 이러한 아이들이 1~3명인 것에 비하면 매우 많은 숫자였다. 실제로 내신 성적의 경우 6명 중 4명이 전교 8등 안에 들 정도로 매우 큰 영향력을 미친다. 물론 잘하는 아이들이 오는 것은 운에 달려 있기 때문에 어떻게 할 수는 없지만 일반 인문계 고등학교에서도 학생의 수준 차는 분명히 존재하기 때문에 이를 고려해서 선택해야 한다.

전교생의 수 또한 자신의 내신 성적에 매우 많은 영향을 미친다. 실제로 한 학년에 450명이 재학 중인 우리 학교의 경우 1학년 때 1등급의 수가 19명으로 다른 학교가 평균 12명인 것에 비해 매우 많았다. 특히 이는 40명 가까이 되는 운동부와 같이 합산하기 때문에 내신 성적을 따는 데 굉장히 도움이 된다. 그렇기 때문에 자신이 고등학교를 선택하는데 그 학교의 전교생의 수를 미리 알아보고 선택하는 것은 매우 중요하다.

마지막으로 중요한 기준이 한 가지 남았다. 바로 남자 고등학교, 여자 고등학교, 공학 고등학교를 선택하는 것이다. 나의 경우 나는 남자기 때문에 여고는 선택 선상에서 제외되었고 남고와 공학 고등학교를 두고 고민을 하였다. 나의 마지막 선택은 1순위를 남고인 영남고등학교로, 2순위를 공학인 상원고등학교로 지원했지만 무작위 추첨에 의하여 현재는 상원고등학교에 재학 중이다. 사실 1학년 내신 성적의 경우 학생의 성별보다 앞서 소개했던 재학생의 수준과 학생 수에 의해 더 많이 좌우된다고 생각한다. 하지만 2학년이 되었을 때, 학생의 성별은 굉장히 중요한 역할을 한다. 왜냐하면 비교적 남학생이 여학생보다 이과를 더 선호하는 경향을 보이기 때문에 2학년 때 이과의 학생 수가 공학이나 여고에 비해 많은 수치를 보이고, 이는 내신 1등급의 수에 매우 많은 영향을 미치기 때문이다. 실제로 영남고등학교는 이과 1등급이 2학년 기준 12명인 반면, 우리 학교의 경우 영남고등학교보다 전교생의 수가 많음에도 불구하고 이과 1등급이 2학년 기준 9명으로 굉장히 적다.

여고의 경우 내가 들은 경험을 바탕으로 말하자면, 좋은 내신을 따기가 굉장히 힘들다. 그러한 이유는 첫째, 전교생의 수가 다른 공학이나 남고보다 비교적 적으며, 두 번째, 앞서 언급한 것과 같이 자신이 이과일 경우 이과를 많이 선호하지 않는 여학생들로 인해 2학년 때부터 이과의 1등급의 수가 매우 적어 이른바 내신 나눠먹기가 매우 심하며, 마지막으로 수행평가를 남학생보다 비교적 중요시하기 때문이라고 생각한다.

사실 앞서 소개했던 3가지 기준 외에도, 그 학교의 커리큘럼(과목별 단위 수), 학교와 집의 거리, 친한 친구의 유무, 급식의 맛, 두발 자유 등 많은 기준이 존재한다. 물론 이러한 것들을 모두 세세하게 고려하여 고등학교를 선택할 수는 없겠지만 중요한 것들만이라도 고려해서 고등학교를 선택한다면 나중에 후회하지 않을 것이라고 생각한다.

신비한 선생사전

이찬 · 조윤아

– 내가 최고다 선생님
음주수업형 선생님

1. 음주수업형 선생님 특징

수업 50분 중에 20분은 잔소리로 수업을 진행하시는 선생님. 이름하야 잔소리 한잔 걸치고 들어오는 음주수업형이라고 볼 수 있다. 학교마다 이런 선생님은 한 명씩 다 있는데, 이 유형의 선생님들은 거의 학생들 놀리는 맛에 사신다고 볼 수 있다. 특히 술 걸린 아이들이나 어떤 사건이 있어서 혼난 아이들이 선생님의 주요 먹잇감이 된다. 이런 유형의 선생님들에게 찍히기만 하면 고등학교 내내 만날 때마다 그 사연을 한번씩 언급하는 만큼 뒤끝이 엄청 끝내주니 각오해야 한다. 학생들이 수업에 집중하지 않는다고 여겨지면 '형님들 한번만 도와주십쇼'와 같은 특이한 농담을 던지며 웃음을 자아낼 때도 있다. 웃긴 일이 있거나 뻘쭘할 때 '흐허허'라는 바보 같은 웃음은 추가로. 몇몇 선생님들을 우월하게 복제가능하시다. 수업 도중 책 페이지를 넘길 때는 '넘겨라'가 아닌 '넘어간다람 쥐' 등의 유행 지난 말을 많이 하시지만, 나름 들을 만하다.

2. 음주수업형 선생님 대하는 법

① 다른 거 하나도 필요 없음 공부만 잘하면 된다.

② 공부만 잘하면 된다.

③ 공부 잘하면 진짜 별말씀 안 하신다.

④ 절대 뒤끝 잡힐 일 하지 말자.

⑤ 혹시 이 글을 보고 있을지 모르는 음주수업형 선생님께, 쌤 제가 사랑하는 거 아시죠.

⑥ 선생님 의견이랑 반대되는 생각을 하고 있더라도 조리있게, 차근차근 잘 이야기해 보자. 의외로 우리

의견을 많이 존중해 주신다.

⑦ 부디 예의바르게 행동하세요. 선생님 갑자기 무서워
짐 주의

⑧ 아무 생각 없는 척, 속없는 척 헤헤 웃으면서 지나가
면 더 이상 놀리지 않습니다!

⑨ 보통 선생님이 수업시간에 중요하다 말한 부분에서
시험문제가 나오니 기억해 둘 것.

⑩ 보통 학기 말이나 학년 말이 되면 했던 말을 또 듣고
또 듣고 하기 때문에 지루해서 조는 경우가 많다. 그
냥 또 그러나 보다 하고 흘려들으면 수업시간에 버
틸 수 있다.

몽글몽글형 선생님

1. 몽글몽글형 선생님 특징

첫인상은 귀엽다는 것 정도? 글씨를 단정하게 잘 쓰시고 학생들에게 친절하면서도 가끔은 카리스마 있는 선생님.

이 유형에 속한 선생님들 중 일부는 꿋꿋하게 정말 한 치의 오차도 없이 일정한 속도로 수업을 진행하신다. 빡빡한 진도에 힘들어하는 친구도 생길 수 있다. 그러면 가끔 "지금 여기 보고 있나!"라는 말로 주의를 끄시기도 한다. 다른 일부의 선생님들은 학생들의 상태에 따라 진도 상황을 조절하긴 하나 기적처럼 시험 전까지 범위를 모두 나갈 수 있도록 한다. 자칫 학생들이 만만하게 생각할 수 있지만 섣부른 판단은 금물! 굉장히 냉철하고 일을 잘하시는 선생님들이다. 잘 웃으시며 사뭇 포근하고 따뜻한 느낌을 주신다. 기억에 오래 잘 남고 생각도 자주 나는 호감형 선생님이시지만 생각보다 두각을 드러내는 특징은 잘 없는 게 특징이다. 적당한 선은 지키면서 학생들과 친하고, 본인 몫의 할 일도 열심히 하시는 선생님. 많은 학생들의 본보기가 되고 계신다. 공부 잘하는 학생들도 좋아하지만 공부와 상관없이 착하고 예의바른 학생들을 예쁘게 봐주시는 것 같다. 친하지 않았을 때는 시크한 선생님이시지만, 열 번 찍어 안 넘어가는 나무 없다고 생글생글 웃으며 인사도 하고 수업도 열심히 들으면 마음을 열어주시는 선생님. 예쁨 받고 싶으면 수업시간에 열심히 참여해라.

2. 몽글몽글형 선생님 대하는 법

① 친한 척하지 않는다. 친한 척을 무리하게 할 경우 자칫 "나한테 친한 척하지 마!"라는 소리를 듣게 될 것이다.

② 수업시간에 열심히 듣자. 수업에 참여만 열심히 해도 자동으로 마음을 열어주신다!

③ 은근슬쩍 애들 놀리는 것을 좋아하신다. 그럴 땐 생글생글 웃자 :)

④ 이런 선생님들의 경우 시험 난이도를 잘 예측할 수 없다. 다만 중간고사의 난이도가 어려웠을 경우 기말고

사가 쉽게 나오고, 그 반대도 일반적으로 성립한다. 이런 유형의 선생님들은 어렵고/어렵고, 쉽고/쉽고 이렇게 출제하는 또라이는 잘 없다.

걸크러쉬형 선생님

1. 걸크러쉬형 선생님의 특징

한쪽 입꼬리를 올리시면서 피식 웃는 모습이 멋진 걸크러쉬형 선생님. 절대 비웃는 게 아니라는 점을 알아차리시라. '몽글몽글형' 선생님들과 비슷하게 조그마한 체형이신데 나오는 포스는 장난이 아니다. 카랑카랑한 목소리에 잠이 확 깨다가도 수업의 특성상 어느 순간 졸고 있는 자신을 발견하게 될 수도 있다. 몹시 꼼꼼하시지만, 만약 이런 유형의 선생님과 수업을 하게 된다 하더라도 수업 재미없을 것 같다고 걱정할 필요는 없다. 왜냐하면 거의 모든 학생들한테 관심을 가지고 장난을 치시기 때문이다. 예시도 학생들 이름을 하나하나 넣어서 상황에 맞게 하시는 모습이 진짜 보기 좋다. 특히 장난을 칠 때 무의식적으로 두 손을 허리 위로 올리시는데 어, 이건 좀 귀엽다. 발표를 하거나 문제를 풀어서 친구들에게 이야기를 할 때 한 번 작은 목소리로 말해 보라. '옹알거리지 말고'라는 말이 들려올 것이다. 만약에 한 번 더 작은 목소리로 말하면 '아씨!! 크게 말하라고~!!'라고 호통을 듣게 된다. 아, 만약에 선생님 앞에서 '아씨~'라던지, 뭔가 들리지 않게 욕을 했다던지, 하면 '방금 파찰음 소리가 들린 것 같은데…' 하면서 씨익 웃으신다. 그 웃음은 아마 오싹할 것이다.

2. 걸크러쉬형 선생님 대하는 법

① 선생님이 무슨 말을 하면 속없는 척 웃으면서 넘어가자. 선생님도 씨익 웃으실 것이다.

② 선생님 앞에서는 절대로 무례하게 행동하면 안 된다. 화나면 진짜 무서우신 분이니 제발 말조심하자.

③ 자신이 선생님들과 친해지는 데 일가견이 있다고 생각해도 무조건 친한 척하지는 마라! 선생님이 바로 '친한 척하지 마!'라는 철벽을 치게 될 테니.

④ 시험공부를 할 때, 국어의 경우 다소 어려운 문학 용어나 문법 용어가 나오더라도 용어가 시험에 나오지는 않는다! 개념만 확실히 짚고 넘어가자!

⑤ 책 안 들고 온 것은 가끔씩 봐주실 때도 있지만, 수업시간에 조는 것은 진짜 안 된다. 찍히기 싫으면 말이다.

⑥ 아는 게 정말 많으시는 분. 그러니 가끔씩 선생님이 말씀하실 때 감탄사를 넣자. 좋은 인상을 남기기 좋다.

⑦ 감탄사를 너무 자주 넣거나 선생님에게 '옷이 예뻐요', '쌤 오늘 예뻐요'라고 반복적으로 말하게 되면 필자처럼 '아부하네'라든지 '사회생활 하네'라는 핀잔을 듣게 될 것이다.

⑧ 수업시간에는 다가가기 힘들 것 같은 인상을 받아도 개인적으로 찾아가 질문을 하면 따뜻하게 질문을 받아주실 것이다. 두려워하지 마라.

아재개그형 선생님

1. **아재개그형 선생님의 특징**

태생부터 아재의 피가 흐르시는 선생님. 생각보다 많은 선생님이 포함된다.

앞서 소개한 '음주수업형 선생님'과 매우 비슷한 선생님 이지만, 조금 더 아재개그에 편중된 성향을 보여준다. 보통사람들 눈으로는 절대 찾지 못하는 것들을 신통하게 찾아내신다. 예를 들어 sometimes를 보통 사람들은 "썸타임즈"라고 발음하지만, 선생님은 "쏘메티메스"라고 발음 하시며 수업에 웃음을 더해주신다. 수업 중 문장 예시를 들 때에는 평범한 예시를 거부하신다. 꼭 눈앞에 있거나 혹은 생각나는 학생들의 이름을 사용하여 놀림과 동시에 예시를 드는 멀티플레이가 가능하신 선생님.

잔소리를 하면서 "이 소리를 1Day 2Day 하냐."라고 하시는 게 포인트.

여자를 서른마흔다섯 명 만나봤다고 자랑도 하심. 학교 근처에 살고 계셔서 학생들이 마을주민이라고 함. 주변에서 선생님 만나면 붕어빵 사주신다는 소문이 있다.

아들 이야기를 많이 하시는데 욕인지 칭찬인지 교묘하게 이야기하심. 모든 이야기의 결론은 "서울 가라."

2. 아재개그형 선생님 대하는 법

① 선생님도 사람이신지라 웃는 학생에게 더 정을 주시는 것 같다.

② 머리 귀엽게 자르셨을 때 칭찬 해 주면 은근히 좋아하심.

③ 길에서 마주치면 꼭 인사하자. 아니면 끝까지 부르신다고…

④ 예의없는 학생을 굉장히 싫어하신다. 예의 바른 착한 어린이가 되자.

⑤ 아재개그형 선생님이라고 무조건 유명하고 재미없는 개그만 할 것이라는 생각은 버려라. 자기 전 생각나서 웃는 그런 개그도 가끔씩 하심.

⑥ 수업시간은 대체로 재미있으며, 시험에 대해서는 지

나치게 걱정할 필요는 없다. 수업시간에 말씀하신
부분에서 나오니….

승부사형 선생님

1. 승부사형 선생님의 특징

형광색 마니아. 혹은 그에 비등한 패션 감각을 가진 선생님들. 예를 들어 개량 한복, 위아래 주황색 계열로 색깔 깔맞춤 선생님들이 있을 수 있겠다. 우리 학교에서의 승부사형 선생님은 삼각함수 성질을 이야기하다가 마누라 성질까지 이야기해 주시는 선생님. "미안 안미(곱의 미분법)", "얼싸안고(삼각함수의 부호)" 등의 유행어를 남기셨으며, 아침마다 빗자루로 테니스 연습을 하시는 모습을 볼 수 있다. 야구를 유독 좋아하셔서 야구에 따라 기분이 결정되는 날도 있다. 야구 팀 중에서도 O데 O이언츠 팬이신 우리 선생님은 선호하는 야구팀의 실적이 좋은 날은 기분좋게 들어오셔서 "여러분!"으로 수업을 시작하시지만, 실적이 좋지 않은 날은 존재감 없이 슥 들어오셔서 아이들이 떠들든 지 말든지 상관하지 않고 조용히 칠판에 필기를 하시며 수업을 시작하신다. 각기 개성은 다르지만 자신만의 뚜렷한 특징을 가진 승부사형 선생님들이 존재한다. 이 개성이 부정적인 것이고 그 부정적인 면이 학생에게 향하지만 않는다면, 이런 선생님의 귀여우신 모습을 보는 학생들은 선생님 덕분에 그나마 공부할 재미가 생긴다고들 한다. 개그가 실패하시면 "재미없나보네⋯ 죄송합니당."으로 만회하신다. 승부욕이 매우 강하시기 때문에 승패가 확실한 스포츠나 게임을 좋아하시는데, 다른 친구들을 특정한 취미의 길로 끌어들이는 모습을 볼 수 있다. 확실히 학교 다닐 맛 나게 해주시는 선생님.

2. 승부사형 선생님 대하는 법

① 선생님이 수업중 이야기를 하실 때는 꼭 대답을 하자. 반응이 없으면 "내 말 듣고 있나요?" 하며 서운해 하신다.

② 예의를 중요시 하신다. 학생 신분에 알맞게 선생님을 대해드리면 사랑받는 학생이 될 것이다!

③ 선생님 기분이 좋으실 때 리액션을 잘하자. 선생님이 본인의 탄생사를 비롯한 특이한 에피소드까지 털

어놓으시는 모습을 볼 수 있다.

④ 시키시는 일을 집중해서 빨리 끝내자. 자유시간이 찾아올 터이니!

⑤ 학기 초부터 선생님 눈에 띄면 같이 잘 놀아주신다. 재밌다.

⑥ 우리 학교의 승부사형 선생님 한 마디만 넣겠다. confispend(confidence자신감이 stop멈추면 end끝이 다)

도도한 여왕형 선생님

1. **도도한 여왕형 선생님의 특징**

까칠하고 도도한 말투인데, 왠지 모르게 귀여운 이른바 도도한 여왕형 선생님. 이런 유형의 선생님, 분명 흔하진 않을 것이지만, 혹시 이런 유형의 선생님을 보고 당황하지 않도록 몇 자 적어보겠다. 도도한 여왕형 선생님을 처음 보면 제일 먼저 '무섭다'라는 생각이 든다. 하지만 확신하건대 시간이 지나면 지날수록 여러분은 그 귀여움에 빠져들 것이다. 학생들에게 자주 질문을 하시며 학생들이 대답하지 못하거나 틀렸을 때는 그 도도한 말투로 '정말 그렇게 생각해?'나 '이때까지 주제 파악도 못했냐?'고 타박하시기도 한다. 하지만, 기분은 그렇게 나쁘지 않다. 선생님의 말투 때문에 오히려 다른 학생들에게 큰 웃음을 줄 때도 많다. 집중도 잘 되는 듯하다. 중요한 문장이 있을 때는 그 특이한 말투로 "빠알간 펜을 들고 그려보아요."나 "파아란 펜을 들고 그려보아요."라고 말씀하시기도 한다. 특징이 너무 명확하신 것이 특징이라 모든 반 선생님들이 이 선생님을 한 번씩은 다 따라하신다. 반 아이들 관리가 굉장히 철저하시며 화장을 극도로 싫어하시는 것 같다. 입술이 마음에 들지 않으시면 "입술 그거 뭐야?", 화장을 많이 한 것이 마음에 들지 않으시면 "화장한 거 봐라, 눈도 했고 입술도 빠알갛고."라는 도도한 잔소리를 기대해야 할 것이다. 몹시 깔끔하시며, 청소 모토는 "눈에 보이는 거만 쓸지 말고 다 쓸어!"이다. 반 아이들은 감히 자기 반이 전교에서 제일 깨끗할 것이라 자부한다고 전해진다.

2. 도도한 여왕형 선생님 대하는 법

① 수업시간에 자지 말 것 – 잔다고 해도 티나게 자지
　　말 것(그렇다면 '나갓!'이라는 말과 함께 감점을 받게 될 것이다.)
② 선생님 시간에는 화장하지 말 것(혼나기 싫으면)
　　필자는 독자들이 티나지 않게 화장하는 법을 알 것이라 생각하는 바이다.
③ 말대꾸 금지(~교시 마치고 따라오기 싫으면)

④ 시키는 것만 하자 더도 말고 덜도 말고('이때까지 주제 파
  악도 못했냐?' 말씀하실 분이심)

⑤ 성적보다 성격을 보시는 분이다. 제발 예의바르게
  행동하기를 바란다.

⑥ 갑자기 학습지와 노트를 검사하시는 분이니 시킨 것
  은 미리미리 해놓을 것을 요망한다.

⑦ 이전 수업시간에 배운 것을 반 아이들에게 물어보시
  니 그때마다 대답을 잘 해놓으면 선생님께 점수를
  딸 수 있다. 그러니 도도한 여왕형 선생님께 수업을
  들을 때는 복습을 미리 해두는 것도 좋을 듯.

내가 최고다 선생님

1. 내가 최고다 선생님 특징

사실 좋은 평가가 쉽지 않은 선생님. 말씀 하나하나에서 나는 선생님이고 너는 학생이라는 마음가짐이 보이는 듯함. 학생의 말대꾸는 용납하지 않으시는 것이 주의할 점. 선생님으로서 과목의 전문성은 탁월하긴 함. 사실 잘 가르침. 수업시간 내에서는 재밌기도 함. 하지만 일상생활에서 학생에게 대하는 태도는 수정이 좀 필요할 것 같음. 문제는 자기의 잘못을 모른다는 것. 예를 들어 학생에게 인사하라고 방송을 한다든지, 인사를 안 한 친구를 붙잡고 자신을 무시했다는 식의 발언을 한다든지, 별로 안 친한 학생에게 고맙다는 인사 한 마디도 없이 심부름 비슷한 일들을 시킨다든지(학생이 당연히 해야 할 일 제외), 학생을 '이것'으로 취급해 인권을 깎아내린다든지 하는 선생님들이 학교에서 1명, 아니 2명쯤은 존재한다. 조심하자.

2. 내가 최고다 선생님 대하는 법

① 친해질 생각이 있었다면 버리는 것이 좋을 것이다. 대부분의 학생들이 대부분 내가 최고다 선생님을 좋아하지 않는데, 나만 친해진다면 편애한다는 시선이 있을 수 있다. 그리고 친해지면 잔심부름도 다 내가 떠받게 되니 차라리 피해라.

② 수업시간에 열심히 들으면, 선생님이 부정적인 이미지는 당신에게 가지지 않을 것이다.

③ 어떤 선생님이든 예의바르고 공손하게 행동해라.

④ 선생님과 대화하다가 갑자기 기분이 확 나쁠 경우가 있을 수 있다. 하지만 그 자리에서 바로 말대꾸하기보다는 꾹 참았다가 시간이 흐른 후, 혹은 마음이 가라앉은 후에 말하는 것이 중요하다.

고등학교 입학 전?

제갈민

중학교 3학년 학생들이 고등학교에 입학하기 전 가장 많이 듣는 말들 중 하나는 "중학교 3학년 겨울방학은 매우 중요하다."일 것이다. 이 말은 가장 많이 들을 수 있는 말이기도 하지만 가장 마음에 와 닿지 않는 말이기도 하다. 그건 아마 중학생들은 고등학교 생활이 얼마나 바쁘고 해야 할 것들이 많은지, 생각보다 성적이 잘 나오지 않는지 등을 느껴보지 못했기 때문이다. 오히려 중3 겨울방학의 필요성을 가장 잘 느끼며 후회하기도 하고 겨울방학 덕택을 많이 보는 중인 사람들은 현재 고1, 고2들이다. 나도 사실 고등학교에 입학하기 전까지 고등학교 생활에 대해 잘 몰랐고 그렇다고 알고 싶은 마음도 없이 정말 별 생각 없이 입학한 사람들 중 한 명이다. 물론 중3 겨울방학도 정말 열심히 공부한 것도 그렇다고 매일 놀며 시간을 허비한 것 도 아닌 적당히 공부하며 적당히 하고 싶은 것을 하며 시간을 보냈다. 그런데도 아직도 가끔 '그 때 좀 해놓을걸 난 왜 몰랐지'라는 생각을 하는 것을 보면 확실히 겨울방학이란 기회는 중요한 것이 틀림없다. 그 렇다면 고등학교 겨울방학 때는 무엇을 했어야 했나? 중 학교 생활과 비교했을 때 고등학교 생활은 어떤 특별함이 있는가?

고등학교 입학 전에 미리 대학교 학과에 대해 관심을 가지고 많이 고민해 보자!

고등학교 3학년 1학기에는 수시원서를 쓰기 전까지 2~3번의 수시상담을 하게 된다. 이때 대부분의 학생들은 많은 고민에 빠진다. 물론 1학년 때부터 뚜렷한 목표를 가지고 내신관리, 동아리 활동, 봉사, 독서를 해온 친구 들은 큰 고민 없이 자신 있게 학교를 지원할 것이다. 하 지만 별다른 목표 없이 '열심히만 하면 어떻게든 되겠지' 혹은 단순히 '공대가 취업이 잘 된다던데 그냥 적당히 공부하다가 성적 맞춰서 공대 아무 과나 가야겠다'와 같이 생각해 온 학생들도 꽤 있다. 이러한 학생들은 '학교 간판을 보고 가야 할까 그래도 과를 보고 가야 할까', 'ㅇㅇ대학에 가고 싶긴 한데 여기엔 내 성적에 지원할 수 있는 과가 ㅇㅇ과, △△과, ㅁㅁ과밖에 없네. 그중 어디를 넣어야 하지?'와 같은 고민에 빠지기 쉽다. 이런 경우 수시원서를 쓸 때가 다 돼서야 급하게 학과를 선택해야만 하는 상황이 발생한다. 이렇게 되면 자신이 선택한 학과에서 무엇을 배우는지, 졸업 후 어디로 취업할 수 있는지 등 가장 중요한 정보를 놓치거나 잘못된 정보를 가지고 입학하여 대학생활이 내가 생각했던 것과 다를 수 있다. 물론 편입도 있고, 복수전공 혹은 전과 등 적성에 맞지 않는 학과를 바꿀 수 있는 기회가 없는 것은 아니다. 하지만 조금만 더 미리 여러 학과에 대해 알아보고 가고 싶은 학과를 결정하고 그 학과에 대해 확신을 가졌다면 어땠을까?

또한 다들 이미 대학 입시에 동아리, 독서, 각종 대회 등이 중요하다는 것을 많이 들어봐서 알고 있을 것이다. 여기서도 학과를 미리 결정한 학생과 그렇지 않은 학생은 차이가 난다. 목표하는 과가 없는 학생들은 일단 동아리를 신청하긴 해야 하는데 진로가 어떻게 될지 모르니까 '과학 동아리'와 같이 포괄적인 활동을 하는 동아리로 정하는 반면 확실한 목표가 있다면 '물리실험동아리', '프로그래밍동아리' 등 조금 더 세분화된 동아리를 가입하여 진로를 발전시켜 나갈 수 있다.

고등학교 입학 전에 '어떻게 하면 고등학교 내신을 잘 받을 수 있을까?', '선행학습은 어느 정도로 해야 할까?'와 같은 질문도 좋지만 그전에 앞서 다양한 학과에 대해 알아보고 깊게 고민하는 시간을 가지는 것을 추천한다. 참고로 각 대학교 홈페이지 혹은 대학교 책자를 보면 그 대학의 학과 소개와 그 학과에 합격한 학생들의 평균 내신 혹은 수능 점수가 잘 나와 있으니 잘 활용하면 좋다. 그렇다고 억지로 스트레스 받으면서까지 고등학교 들어가기 전에 당장 학과를 정해야 한다는 것은 아니다. 하지만 최소한 어떤 학과가 있는지 정도는 알아보고 입학하자. 이미 학과를 정했더라도 비슷한 계열의 다른 학과들을 알아보는 것도 추천한다. 또 학과를 알아보다 보면 너무 한 가지 면에만 꽂혀서 다른 측면은 잘 알아보지 않고 이 과가 좋다는 생각이 들 수 있는데 적성, 취업률, 졸업 후 나아갈 수 있는 분야, 현실적인 전망 등 여러 가지를 고려해 본다면 더욱 자신에게 잘 맞는 학과를 찾을 수 있을 것이다.

중학교 VS 고등학교

우선 내가 고등학교에 입학해서 전반적으로 가장 많이 느꼈던 것은 상당히 많은 부분이 학생 주도적으로 운영된다는 것이다. 간단히 예를 들면, 자율동아리를 만들고 싶은 경우 자신과 관심사 혹은 꿈이 같은 친구들을 모은 후 동아리 연간 계획서를 작성하고 직접 부탁을 드려서 동아리를 지도해 주실 선생님을 구해야만 자율동아리 하나가 만들어진다. 또한 학교 프로그램 혹은 대회도 담임 선생님 혹은 담당 선생님께서 직접 안내해 주실 때도 있지만 별다른 안내 없이 게시판에 안내 종이를 붙여 놓을 때도 많기 때문에 수시로 게시판을 잘 보고 직접 신청을 해야 한다. 신청 시간을 잊어버리거나 게시물을 보지 못해 신청을 못한 경우도 종종 발생하곤 한다. 물론 친구들이나 어른들 중 '고등학생쯤 되면 이 정도는 당연히 스스로 해야 하는 거 아니야?'라고 당연하게 여길 수도 있다. 하지만 중학교 때 선생님들 주도의 학교생활에 익숙해진 학생들 입장에서는 조금 당황스러울 수도 있으니 미리 대비하자.

조금 더 자세히 살펴보자면 중학교 때 비해 가장 두드러지는 차이점은 동아리, 야간 자율학습, 보충 수업이 있다.

우선 중학교 때 볼 수 없었던 '자율동아리'라는 것이 있다. 즉, 동아리 활동은 창체동아리와 자율동아리로 나뉘는 것이다. 창체동아리는 중학교 때 동아리와 마찬가지로 일주일에 한 번 동아리 시간이 정해져 있고 그 시간에 각 동아리별로 모여 활동을 한다. 다만 앞서 말한 것처럼 중학교 때 선생님 주도의 동아리가 아니라 거의 모든 활동이 학생 주도로 이루어진다. 그렇다면 자율동아리와의 차이점은 무엇일까? 창체동아리는 보통 20명 정도의 1, 2학년 학생들로 구성된다. 2학년 학생들이 부장과 부부장을 맡기 때문에 1학년 신입생을 뽑을 때 면접을 보는 경우가 많으며, 자율동아리에 비해 부장과 부부장의 역할이 두드러진다. 매 차시 동아리 시간이 정해져 있기 때문에 부원들이 따로 시간을 조정하지 않아도 꾸준하게 동아리 활동을 이어나갈 수 있다는 장점이 있다. 자율동아리는 보통 4~6명 정도 같은 학년 학생들로 구성된다. 자율동아리는 무조건 해야 하는 것이 아니기 때문에 주로 친한 친구끼리 동아리를 구성하는 경우가 많고 인원이 적어 의견 공유가 창체동아리에 비해 활발하며 다양한 활동을 매차시 하는 것이 아니라 한 가지 주제를 깊이 있게 다루는 경우가 많다. 다만 따로 정해진 시간이 없어 부원들의 시간을 조정하기가 힘들어 진행이 잘 되지 않을 수 있다. 간혹 자신이 원하는 창체동아리가 없거나 창체동아리의 활동의 진로와 맞지 않는 것 같다면 본인과 진로가 비슷한 친구들과 자율동아리를 꼭 운영해 보길 바란다. 좀더 깊이 있는 활동, 본인의 진로에 맞는 활동을 할 수 있을 것이다.

  고등학생이 되면 중학교 때 없었던 보충수업과 야간자율학습을 하게 된다. 보충수업과 야간 자율학습은 무조건 해야 하는 것은 아니다. 보통 1학년 때는 거의 모두가 보충수업에 참여하고 야간 자율학습도 상당히 많은 학생들이 참여한다. 하지만 학년이 올라가고 수능이 다가올수록 보충수업이 본인에게 도움이 안 된다고 생각하여 보충수업을 빠지는 인원이 점차 늘어난다. 보충수업을 듣자니 별로 도움이 안 되는 것 같고, 보충수업을 빠지자니 집에서 공부를 안 할 것 같아 고민이 될 때가 있을 것이다. '무조건 보충 수업을 하는 것이 좋다', '보충수업은 무조건 도움이 안 된다'라는 것은 없다. 사실 본인이 하기 나름이니 둘 다 경험해본 후에 정하길 바란다. 만약 처음에는 보충 수업을 빠지고 독서실에 가서 내가 부족한 공부를 해야겠다라는 계획을 가지고 보충 수업을 빠졌으나 막상 그 시간에 독서실에 가서 잠을 잔다거나 놀다가 야자 시간쯤 돼서야 공부를 시작한다면 차라리 지금 당장은 도움이 안 돼 보일지라도 보충수업을 신청해 하나라도 언어가는 것이 낫다. '수업에서 하나라도 얻어 가면 성공한 거다'라는 마음가짐을 가지고 수업을 들어보자. 그러면 도움이 안 된다고 생각했던 수업일지라도 생각보다 얻어 갈 게 많다는 것을 느끼게 될지도 모른다.

고교생활십계명

정채언 · 차소연

고등학교는 집을 제외하고는 3년 동안 가장 오래 머물고 가장 의미가 있는 곳일 것입니다.

　또한 어른이 되었을 때 가장 추억이 많이 남는 장소일 것입니다.

　이런 고등학교 생활에서 가장 중요한 게 무엇인지 재학생들에게 물어 보았습니다. "잠이죠.""아마 인간관계 아닐까요?""가장 중요한 건 제 자신이죠.""밥이 가장 중요해요.""학생이 공부를 해야죠."(안경 쓱) "저의 행복이 가장 중요하죠. 그런데 그거 아세요? 고등학생의 행복은 성적에서 와요."

　그렇다면 학생들의 학교생활의 원천은 무엇일까요? "음… 제 우월한 성적이요?""친구들이 놀고 있는 모습을 보면 학교 다닐 맛이 나요.""간간이 타는 장학금이 한 몫

하죠." "매점이 짱입니다."

이렇게 다른 아이들이 수백 명이 모여서 생활하는 고등학교입니다. 이러한 고등학교 생활을 잘 보내려면 어떻게 해야 할 까요? 저희들이 엄선한 고등학교 생활 꾸울팁들입니다.

1. 똑똑한 아이보다 더 상대하기 힘든 상대는 논리가 없는 아이다.

호불호가 아주 명확한 순형이라는 아이가 하나 있었습니다. 순형이는 좋은 것, 좋은 사람에게는 모든 것을 다 퍼주고 싫은 것, 싫은 사람은 정말 어떤 행동을 하던 다 싫어했습니다.

그런 순형이가 싫어하는 선생님이 생겼습니다. 그래서 순형이는 그 선생님시간에 떠들거나 딴 짓을 하였지만 잠을 자진 않았습니다. 계속되는 순형이의 행동에 선생님께서는 화가 나셨고, "순형이에게 똑바로 앉아라, 왜 그러냐." 등의 순형이에게는 잔소리로 들릴 말들을 하셨습니다. 순형이는 이에 "왜 저한테만 그러세요."라는 식의 말투로 선생님의 말을 다 비꼬았습니다.

그 선생님은 아이들 사이에서 그렇게 인기가 있는 선생님이 아니어서 반 아이들은 그럴 때마다 수업 안 하고 좋다면서 웃었습니다. 하지만 그렇게 매시간 두 사람 사이의 신경전 아닌 신경전이 지속되자 반 아이들도 점점 짜증이 나기 시작했습니다.

순형이의 말대답이 선생님 말씀의 본질적인 반박이 아닐뿐더러 순형이가 하는 말은 그야말로 무논리였기 때문이었습니다. 그러던 어느 날 순형이의 친구가 순형이에게 이야기했습니다.

"물론 그 선생님이 무조건 옳진 않지만 그래도 쌤이고 수업시간에 시간에 시간이 많이 빼앗기니까, 쌤이 뭐라고 하면 그냥 '예'라고 하고 넘겨. 너도 쌤이랑 계속 그러면 지치잖아."라고 그 친구 입장에서는 나름 부드럽게 순형이를 회유해 보려고 했습니다.

하지만 돌아오는 순형이의 답은 "싫은데, 나는 그 쌤이 하는 말 그 자체가 싫어. 그리고 그 쌤 나한테만 그런다니까. 그리고 쌤이 하는 모든 말은 쪽 당할 필요가 있어."이었습니다. 친구는 어이가 없었고 그후로도 몇 번이나 주위 친구들에게 "네가 순형이랑 친하니까 말 좀 해봐라."라는 부탁을 받고 순형이에게 이야기 했으나, 순형이는 늘 그럴 생각이 없다고 대답하였습니다.

결국 이 친구는 순형이와 거리를 두게 됩니다.

이 이야기를 통하여 무엇이 느껴지십니까? 이 친구가 순형이와 멀어지게 된 이유는 순형이가 늘 선생님께 말대답한다는 본질적인 이유도 있지만, 그것보다 더 핵심적인 이유는 순형이가 이 친구의 말을 귓등으로도 듣지 않았고, 저러한 행동을 하는 이유가 명확한 이유보다는 그저 자신의 기분이 다였기 때문입니다.

보통은 친구가 이야기하면 듣고 자신의 행동이 옳은지 사리분별은 하겠지만, 논리가 없는 아이는 친구가 얘기를 해도 '내가 왜?'라는 태도로 자기 자신의 길을 걸을 것입니다.

혹시 자신이 아이들이 웃어주는 그 순간에 취해 주위를 둘러보지 않고 있는 지 잘 생각해 보십시오. 실제로 순형이는 이 사건을 기점으로 반 아이들이 점점 멀리하기 시작했으니까요.

2. 늘 웃으면서 선생님을 대해라(학교 인간관계의 핵심은 친구가 아닌 선생님이다!)

앞의 문장이 좀 많이 당황스럽죠? 인관관계의 핵심이 친구가 아닌 선생님이라니. 조별과제도 밥도 이동수업도 다 친구와 함께하는데 말이요.

하지만 현재 대학입시에 정시보다는 수시가 점점 더 많아지고 있고, 학생부 종합전형도 늘고 있습니다. 따라서 생활기록부(이하 생기부) 관리가 아주 중요하다는 점이죠. 그런데 선생님과 관계가 안 좋다면 어떨까요?

특히 담임 선생님 말입니다. 선생님들도 다 감정이 있는 사람입니다. 만약 당신이 담임 선생님이라면 자신과 관계가 좋지 않은 아이에게 좋은 말을 생기부에 써주고 싶을까요? 아무 말도 안 적어주시는 것을 다행으로 여겨야 할 것입니다.

심지어 다음 학년으로 넘어갈 때 어떤 담임 선생님은 내년의 선생님께 인성이 좋은 아이를 말하기도 하고, 예의가 없는 아이를 말하기도 합니다.

이처럼 선생님과의 관계는 학교생활에 큰 영향을 끼칠 수도 있습니다. 다행인 점은 선생님과의 관계를 쌓는 일은 어려울지 몰라도 좋은 이미지를 쌓는 일은 어렵지 않다는 점이죠.

일단 당연한 이야기지만 수업시간에 졸지 않고 수업을 듣는 것만으로도 좋은 이미지를 쌓을 수 있습니다. 그렇게 열심히 수업에 참여하지 않더라고 자지 않고 수업을 듣는 것만으로도 선생님의 기억에 남을 수 있을 것입니다.

그 수업이 아이들이 많이 자는 수업이라면 더더욱 그럴 것입니다. 그리고 이것보다 더 간단한 방법이 있습니다. 바로 밝은 얼굴로 인사하는 것입니다.

'학교에 아이들이 얼마나 많은데 내가 인사 안하는 걸 기억하겠어?' 라고 생각한다면 당장 생각을 바꾸세요. 인사할 때 밝게 미소 지어 인사하는 것만으로도 좋은 이미지를 만들 수 있습니다. 비슷한 방법으로는 부르실 때 웃으면서 대답하는 것도 있습니다.

또한 첫인상도 중요하지만 첫인상보다는 점점 더 나은 모습을 보여주는 것이 중요합니다. 즉, 끝이 좋아야 한다는 뜻이지요. 그러니 첫인상이 안 좋았다고 너무 낙담하지 말고 점점 더 나아지는 모습을 보여드리면 충분히 이미지 쇄신이 가능할 것입니다.

그 외의 방법으로는 선생님께 친한 척하기(먼저 다가가기), 수업 후 질문하기 등이 있었습니다. 물론 선생님과의 인간관계가 생기부를 위해서도 있겠지만, 내가 선생님께 밝게 다가가면 선생님도 마찬가지로 부드럽게 다가오실 것입니다. 그럼 학교생활도 더 재미있고 나중에 기억에 남는 은사님도 있는 그런 학교생활을 할 수 있을 것입니다.

3. 최대한 많이 적당한 활동에 참가하여라

고등학교 때는 중학교와 비교할 수 없을 정도로 다양한 강의와 행사, 그리고 대회가 존재합니다. 물론 3학년은 이러한 대회에 참여할 시간이 없을 뿐만 아니라, 일부 학교에서는 참여하지 못하도록 합니다.

따라서 이러한 활동에 참여할 수 있는 기간은 고작 2년에 불과합니다. 고등학교에서는 외부강사의 강의도 많고 타 학교와 함께하는 클러스터 같은 활동도 굉장히 많습니다.

창욱이는 일학년 때 화학공학과에 가고 싶었습니다. 입학 할 때도 활동을 열심히 해야겠다고 생각했죠. 그리고 드디어 기회가 왔습니다. 과학경시대회가 있다고 하네요. 과학경시대회에서 수상을 한다면 생기부에 기록될 수 있는 좋은 기회입니다! 그때 문과 친구가 이과 창욱이에게 같이 토론대회에 나가자고 합니다. 일학년 때는 아무거나 해도 괜찮다고 친구가 설득을 해서 결국 토론대회도 나가기로 합니다.

창욱이는 토론대회가 이렇게 준비할 것이 많은 줄 몰랐습니다. 열심히 토론준비를 하다 보니 경시대회 준비를 하나도 못해서 결국 경시대회 수상은 물 건너 가버렸죠. 그렇지만 일학년 때는 이런 경험도 중요하다고 생각한 창욱이는 자신의 진로에 관련된 활동을 하기보단 수상을 하기 쉬운 대회나 활동에만 참가했고 결국 진로와 관련된 활동은 하지도 못한 채 일학년이 끝나버렸습니다.

제목에서 최대한 많은 활동에 참여하라고 했다고 위의 예시처럼 모든 활동에 참여하라는 뜻이 아닙니다.

이과생이 한문경시대회나 중국어 노래 부르기 대회에 참여하는 것은 본인의 흥미사항이 아니면 참여할 필요도 의미도 없는 것처럼 말입니다.

하지만 문과생의 경우의 영어 독후감대회, 역사에 대하여 배우는 강좌 같은 것은 큰 의미가 있습니다. 생기부뿐만 아니라 경험적인 측면에서도 큰 도움이 되고 더 나아가서는 자기소개서를 쓸 때 굉장한 도움이 될 것입니다.

추억은 둘째 문제이구요.

앞에서 말했던 활동들을 통하여 자신이 관심 있거나 자신의 진로와 연관된 탐구를 해볼 수도 있고 자신의 진로를 결정하는 좋은 경험이 될 수 있습니다.

하지만 모든 것은 과유불급인 법입니다. 아무 활동이나 닥치는 대로 막 하다 보면 생각보다 시간이 많이 빼앗기게 되고 내신 성적이나 건강 같은 중요한 것을 놓치게 될 것이고, 참여하는 활동이 너무 많아 각각의 활동에 소홀히 하게 되면 결과와 과정 모두 이도 아니고 저도 아니게 될 것입니다.

대부분의 학교에서는 학교 설명회 때나 학기가 시작될 때 1년간의 계획된 대회 등을 알려주고 활동이 생길 때마다 가정통신문이나 각 반에 공지로 붙을 것입니다. 이때, 자신에게 필요한 것을 잘 살펴보고 선택하시기 바랍니다.

그리고 그 당시에 귀찮다고 '내년에 하지 뭐'라는 생각은 굉장히 위험합니다.

올해 있던 수업이나 대회가 내년엔 없어질 수 도 있고

신청자가 많아서 참여하지 못할 수도 있으며 3학년의 경우에는 기회자체가 없을 수도 있습니다. 잘 생각하고 학교생활을 알차게 해줄 활동의 기회를 놓치지 마시고 참여해보시기 바랍니다.

4. 연애는 신중히!

제 짝인 이 모 씨는 고등학교 생활 중에 고백을 단 한 번도, 한 차례도 받아 본 적이 없다고 하였습니다. 심지어 다른 학교 학생한테도 단 한 번도 받아 본 적이 없다고 합니다.

하지만 이러한 경우는 특이 케이스입니다.

거의 존재하지 않는 부류라고 볼 수 있죠. 중학교와 마찬가지로 아니 고등학교에서는 연애하는 학생들이 굉장히 많고, 고백을 받거나 썸을 타는 학생들도 굉장히 많습니다. 그리고 거절을 못해서 사귀게 되는 경우도 많습니다.

물론 이렇게 사귀게 되어 상대방이 좋아져서 알콩달콩 사귀게 되는 경우도 있겠지만 그렇지 않은 경우도 있습니다. 그렇게 된다면 사귀는 동안 상대방에게 미안한 감정만 들 것입니다.

이게 더 나아간다면 '쟤는 눈치가 없나? 내가 안 좋아하는 줄 알면서도 저러는 건가?' 하는 짜증이 생길 수도 있겠지요. 이렇게 서로 좋아하지 않고 일방적인 애정으로 사귀게 되면 애정을 받는 사람은 부담스럽거나 미안함을 느끼고, 애정을 주는 사람은 상대적인 비참함을 느낄 것입니다.

이렇게 어긋나면서 헤어져서 서로 불편한 관계가 되겠죠. 헤어지면 이전처럼 친구로 돌아갈 확률은 0에 수렴할 것입니다. 서로 매우 불편한 관계가 될 것입니다.

하지만 그중에서도 헤어지고 나서 가장 불편할 연애를 몇 가지 알려드리겠습니다.

먼저 반 커플이 있습니다. 반에서 사귀고 헤어지는 것이 가장 불편할 것입니다. 일단, 반에서 연애를 시작하면 반 아이들도 다 알고 심지어 선생님들까지도 다 알게 됩니다. 그래서 아이들이 챙겨 주기도 하고 선생님들이 종종 농담 식으로 놀리기도 합니다. 이럴 때 헤어지면 반 아이들 모두가 불편해집니다.

헤어지고 나서 아무 이야기가 안 나올 수도 있겠지만, 보통은 서로 친구들에게 이야기하며 서로가 더 잘못했다고 이야기하는 경우가 많습니다. 그 말을 양쪽에서 듣는 아이들은 처지가 많이 곤란해지겠지요. 심하면 반이 여자와 남자로 편을 나눌 수도 있고요.

하지만 이런 일은 잘 일어나지 않습니다. 사소하게 자주 일어나는 경우는 헤어지고 나서 자리를 바꿨는데 근처라던지 혹은 짝에 걸리는 상황이 있을 것입니다. 랜덤으로 조를 짰는데 같은 조가 되는 경우도 있습니다. 안 그래도 보기 싫은 전 애인을 같은 조로 만난다면 그 조의 분위기는 이미 망한 것이나 다름없습니다.

또한 헤어져서 후폭풍으로 힘든데 주위 아이들이 자꾸 헤어진 이유에 대해서 묻는 것도 불편하기보다는 매우 짜증날 것입니다.

또 한 가지 꼽자면, 헤어진 지 모르고 선생님들이 농담을 던질 때입니다. 상상만 해봐도 불편하지 않나요?

비슷한 예로 동아리에서 사귀게 되는 경우가 있습니다. 동아리에서 사귀게 된다면 사귀는 동안에는 같이 동아리 활동을 하고 선후배끼리 사귀는 경우에는 자주 보지 못하는데 정해진 시간에 그것도 약 2시간동안 붙어 있으니 좋을 것입니다.

하지만 헤어지고 난 후에는 어떨까요? 매 주 정해진 시간에 전 애인을 볼 것이고 뿐만 아니라, 축제나 전일제를 준비할 때는 하루 종일같이 있어야 할 것입니다. 물론 동아리 부원들의 불필요한 관심도 있을 것입니다.

또한 선후배끼리 사귄다면 선배들 또는 후배들과도 어색해질 것입니다. 이렇게 헤어지고 난 후에 더욱 불편해지는 연애의 특징은 바로 행동반경이 많이 겹치고, 함께하는 시간이 생각보다 많습니다.

물론 이런 점 때문에 정이 들고, 마음이 생겨서 사귀게 되었겠지만, 반대로 생각해 보면 헤어진 후에도 계속 얼굴을 보고, 자주 가던 곳에서 마주치게 되는 경우도 많을 것입니다. 그리고 연애 후 헤어진다고 깔끔하게 아무 감정이 안 남는 것이 아니라 며칠을 심하면 몇 십 일 동안마음 정리가 안 될 수도 있습니다.

반대로 얼굴 볼 때 불쾌한 감정만 남을 수도 있죠. 전 애인의 얼굴이 보일 때마다 주위 친구들에게 그 사람 험담을 할 수도 있고, 주위 사람들에게 전 애인의 욕이라든지 과장되게 연애할 때의 이야기를 하고 다닐 수 도 있습니다. 연애 후에도 감정은 남을 것이고 그 감정이 좋을 수는 없을 것입니다.

혹자는 "이런 것을 다 생각하면 연애를 어떻게 하냐?"라고 할 수도 있습니다.

하지만 지나간 일은 돌이킬 수 없으니 연애 전에 신중히 생각해 보고 결정하시기 바랍니다. 그리고 연애 후의 행동도 상대방이 모를 것이라고 생각하고 한 순간의 화나 감정으로 저지르는 경우가 많은데, 흘러 흘러 다 상대방이 알게 되니 그 사람이 안다고 생각해도 부끄럽지 않게 연애 하기를 바랍니다.

5. 남에게 얹혀가지 마라!

고등학교에서 내신은 가장 중요한 것 중에 하나입니다. 수행평가나 세부특기능력사항도 굉장히 중요합니다.

수행평가는 이 모든 것에 포함됩니다. 조별활동은 수행평가의 많은 부분을 차지할 뿐만 아니라 세부능력 특기사항의 많은 부분을 차지합니다.

이때 절대로 남에게 얹혀가려고 하면 안 됩니다. 일명 '버스탄다'라고 하죠.

처음에는 편할지 모르겠지만 결국 자신에게 남는 것은 아무것도 없습니다.

조원들은 자기 분량 하기도 바쁜데 조별과제라서 버스 타는 친구들 분량까지 채워줘야 하죠. 굉장히 힘든 일입니다.

다음은 실화를 바탕으로 약간 각색한 이야기를 보도록 합시다.

나는 친한 친구 하늬랑 현아와 영어 발표를 같이 하기로 했습니다.

　자료조사를 할 때도, 발표 자료를 만들 때도 현아는 참여하지 않았습니다. 항상 옆에서 놀고 있거나 엎드려 자는둥 집중하지 못하고 관심도 가지지 않았죠. 그리고 저와 하늬랑 만드는 것을 보고 불평만 할 뿐 아무런 피드백도 주지 않았습니다.

　그리고 발표자료가 완성되자 저는 현아에게 만든 것을 보고 공부 해와서 발표라도 하자고 발표자료를 보내줬습니다. 저희는 당연히 공부 해와서 발표를 하겠지 하며 안심했습니다.

　발표하는 날이 되자 저희는 현아에게 어디 부분을 발표하고 싶은지 물어봤습니다. 하지만 현아는 어리둥절한 표정으로 '우리 발표할 부분 미리 안 정했지 않냐'. 저와 하늬는 그나마 제일 쉽게 진행할 수 있는 부분을 발표해 달라고 했습니다.

　그런데 그마저도 하지 않더군요. 결국 발표는 두 명이 거의 다 하고 개인별 활동기록을 적는 란에는 현아를 제

외한 둘만 적히고 세특에도 그렇게 적히겠죠. 꼬시네요
하하

참고로 저 예시에 전혀 진심은 담기지 않았습니다.

어쨌든 조별과제에서 혼자 아무것도 하지 않는다면 같이 묻어가면서 점수를 잘 받겠지 하는 생각은 접어두시길 바랍니다. 요즘에는 선생님들 대부분이 개인별 활동을 적으라고 하십니다. 동시에 팀원 평가도 하는 것이 대부분입니다. 팀원들이 과연 버스 탄 친구에 대해 좋게 적어줄까요? 결국 처음에는 편했지만 결국 우정도, 세특도 날아가게 됩니다. 잘 못하는 것은 크게 상관없습니다. 그저 노력을 하자는 것이죠.

하나 더, 나는 열심히 하는데 발표 점수를 잘 받지 못한다 하는 학생들, 발표는 짜여진 대로만 하는 학생들이 간혹 있습니다. 이것은 매우 좋지 않은 행동이죠.

모둠발표의 목표는 발표 자료를 보고 따라 읽는 것이 아닌 자신이 이해한 것을 바탕으로 친구들이 이해할 수 있도록 설명해 주는 것입니다. 따라서 대본을 만들어서 대본만 보고 읽는 것보다는 내용을 이해하고 대본을 외워서 자연스럽게 이야기해야 합니다.

또한 자신이 잘 이해하고 있다는 제스처를 취하는 것이 좀더 매끄러운 발표를 할 수 있습니다. 피피티 화면만 보고 발표를 하는 것보다 아이들 눈을 보고 이야기하는 것도 좋겠죠.

그렇게 한다면 발표점수를 까일 일도 없겠죠.

혹시나 앞에 나가서 이야기하는 것이 부담스럽다고 생각하시는 분들, 아이들 눈을 보지 않고 아이들 사이로 보이는 벽을 보고 이야기하면 덜 부담되고 떨릴 것입니다. 사실 처음부터 발표를 잘하는 사람들은 많지 않습니다. 발표 수업이 마냥 부담스럽고 무섭고 싫다고만 생각하지 말고 나중을 위한 준비연습이라고 생각하면 어떨까요?

6. 같은 관심사를 가진 친구에게만 관심사를 이야기하라!

이 조언은 당연한 소리라고 생각할 수 있지만 정말 중요한 소리라서 두 번 세 번 보고 듣고 실천하길 바랍니다.

물론 무조건 이야기하지 말라는 게 아닙니다. 될 수 있으면 조금, 적당히 하라는 것이죠.

주현이는 A그룹의 팬입니다. 꽤나 오래된 팬이죠. 그리고 수영이는 B그룹을 굉장히 좋아합니다.

주현이와 수영이는 자신이 좋아하는 그룹이 컴백 할 때마다, 방송에 나오거나 콘서트를 할 때마다 주변 모든 친구들에게 그 그룹의 이야기를 합니다. 자신이 좋아하는 아이돌 그룹이 무슨 옷을 입었는지, 무슨 컨셉인지, 어떤 방송에 나갔는지 등을 말입니다.

두 그룹이 같이 컴백하는 날에는 난리도 아닙니다. 서로 자기가 좋아하는 아이돌 이야기를 하느라 정신이 없죠.

초반에는 서로가 배려해 주면서 서로의 이야기를 잘 들

어 주다가 점점 자기가 좋아하는 아이돌 이야기를 하고 싶어 했죠.

노래방을 가서도 자신이 좋아하는 아이돌 그룹의 노래만 부릅니다. 점점 서로가 좋아하는 아이돌의 단점을 이야기하고 까내리기 시작합니다. 서로 참고 참다가 결국 둘은 대판 싸우고 맙니다. 서로 자신의 이야기만 한다는 것이죠. 둘은 결국 끝내 서로를 이해해 주지 못하고 화해를 못한 채 한 학년이 끝났습니다.

사소하다면 사소하다고 할 수 있는 내용입니다만, 고등학교 생활에서 친구는 중요한 존재입니다. 서로 힘이 되어 줄 수도 있고 조언자가 되어 줄 수도, 선의의 경쟁자가 되어 줄 수도 있습니다.

고등학교 친구는 평생 간다는 말이 있죠. 그만큼 학교에서 있는 시간이 길고, 일 년 동안 한 반에서 친구들과 수업을 들어야 하기 때문에 어쩔 수 없이 오래 얼굴을 봐야 합니다. 물론 취향이 맞지 않는 친구가 생길 수밖에 없습니다.

서로 존중해 주고 이해해 줘야 하죠. 관심사가 같은 친구들한테만 자신의 관심사를 이야기하는 것도 좋은 방법입니다. 취향 존중, 정말 중요합니다.

7. 동아리에서 활동하라!

이 주제를 그냥 봤을 때는 동아리에서 활동하는 게 당연한 거 아닌가? 하는 생각이 들지도 모릅니다. 제가 하는 말은 적극적으로, 주동적으로 참여하라는 것입니다. 동아리를 이끌어 나가는 부장, 부부장은 부원 한 명 한 명의 의견이 매우 소중하고 적극적인 참여가 큰 힘이 됩니다. 나 하나쯤이야 하는 생각으로 의욕 없이 활동하는 것보다는 의욕을 가지고 주동적으로 활동하는 편이 모두에게 의욕이 생기게 해주고 자신도 기분이 좋을 것입니다.

소현이는 동아리 부장입니다. 올해 정말 동아리 부원들과 협력해서 잘 해보겠다고 다짐했습니다. 첫 동아리날, 동아리 부원들에게 하고 싶은 활동이 있냐고 물었습니다. 돌아오는 대답은 침묵이었죠. 아직 아이들끼리 친해지지 않아서 그런가 싶은 소현이는 일단 첫 활동은 자기가 정해서 진행하겠다고 했죠. 이렇게 자기 혼자 정해도 되는 걸까 싶은 소현이는 부원들에게 그렇게 진행해도 괜찮냐고 물었습니다. 부원들은 가만히 있다가 고개만 끄덕이네요. 조금 답답했지만 처음이어서 그렇겠지 하고 넘어 갔습니다.

그 다음 동아리 시간이 되었습니다. 실험을 하고 난 뒤 부원들에게 물었습니다. 다음 활동은 무엇을 하면 좋을까? 부원들은 또 조용하게 있었죠. 그러다가 소현이가 결국 자신의 아이디어를 제시했습니다.

이렇게 진행해도 괜찮겠니?

부원들은 다 끄덕거립니다. 소현이는 자기가 너무 강압적이게 나와서 그런가 싶어서 자기 조용하게 부원 한명에게 다시 질문을 했습니다. 부원이 정말 의욕없는 얼굴로 해도 되고 안 해도 된다는 말을 하자마자 소현이는 정말로 의욕이 뚝 떨어졌습니다. 자신만 동아리 활동에 목메는 건가 싶어 우울해지고 말았죠. 하지만 동아리의 부장이 된 이상 어쩔 수 없이 한 해 동안 자신이 계획을 짜서 활동을 해야 했습니다.

정말 글을 보기만 해도 의욕이 없어지지 않나요? 제가 만약 소현이였다면 정말 화를 냈을 것 같군요. 해도 되고 안 해도 된다니 이게 말인지 방구인지 모르겠습니다.

부장이나 부부장이 묻지 않아도 좋은 생각을 가지고 있다면 적극적으로 어필하세요.

혹시 1학년이라서, 선배가 무서워서 말을 못 거는 거라면 정말 정말 잘못된 생각입니다. 대부분의 선배들은 후배가 의견을 내준다면 고맙게 잘 듣고 좋은 내용이라면 적극적으로 수용할 것입니다. 그렇게 활동을 주동적으로 열심히 하게 된다면 나중에 무엇을 하더라도 주동적으로 해 나갈 것입니다.

하나 더, 부장이나 부부장이 되고 싶으면 더욱더 주동적으로, 적극적이게 참여해야 합니다. 선배들에게, 부원들에게 자신이 이렇게 열심히 활동에 참여했다는 것을 보이고 나서 부장이나 부부장이 되고 싶다고 이야기하게 된다면 '아, 이 부원은 내년에 부장 혹은 부부장이 되면 동아리를 정말 잘 이끌어 나갈 것 같다'는 생각을 들게 합니다.

부부장이나 부장이 되면 뭐가 좋냐는 이야기도 있었는데요, 물론 부부장이나 부장을 하게 되면 정말 힘듭니다. 전일제나 축제의 전반적인 일정을 짜야 할 뿐만 아니라 매번 동아리 시간 전에 준비도 해야 하고 부원들에게도 공지사항을 전달해 줘야 합니다. 그만큼 책임감도 생기고 뿌듯함도 많이 들게 됩니다. '내가 책임지는 동아리'라는 생각이 들어 더욱 열심히 참가하게 됩니다.

또한 그렇게 활동하는 과정에서 자소서 3번 문항, 즉 나눔, 배려, 협력, 갈등관리 등을 적는 칸에 다른 학생들에 비해 쉽게 채울 수 있습니다.

생각보다 3번 문항을 꽉 채우기가 어렵습니다. 이때 자신이 부장이나 부부장으로서 직면 했던 일 등을 쓴다면 어렵지 않게 자기소개서 3번 문항을 채울 수 있을 것입니다.

8. 팀별 대회는 좋은 기회다!

각 학교마다 팀별로 하는 자신이 탐구하고 싶은 주제를 정해서, 실험이나 조사를 하는 대회가 있을 것입니다.

이 대회는 굉장히 좋은 기회입니다.

혹시 올해 참여하지 못했다면 내년을 노려보시는 것도 나쁘지 않을 것 같습니다.

제가 이 대회를 좋은 기회라고 하는 이유는 팀 별로 하는 것에 있습니다.

팀별로 하는 게 뭐가 좋은 기회라고 하는 거지라고 생각 하는 사람들이 있을 것입니다. 이 대회는 모두가 필수로 참가 해야만 하는 대회가 아니라 자신과 마음 맞는 학생들끼리 참가하는 대회라 조별과제 같이 버스 타는 학생들이 거의 없습니다.

그리고 각종 경시대회 같은 경우에는 아무래도 성적이 좋은 학생들이 상을 탈 확률이 높습니다. 문제를 풀고 맞추는 것이니까요.

그렇지만 팀별 탐구대회 같은 경우에는 자신의 진로와

관련된 탐구를 할 수도 있고 그렇게 탐구를 해서 상을 탈 확률도 경시대회 보다는 높으니 제가 좋은 기회라고 밖에 할 수 없습니다.

9. 스마트폰은 좋지 않은 물건이다!

물론 정말로 당연한 소리지만 정말로 중요해서 밑줄 두 개에 별 다섯 개는 쳐 줘야 합니다.

이런 당연한 소리를 쓰는 이유는 필자뿐만 아니라 우리 주변의 스마트폰을 가진 거의 대부분의 학생이 스마트폰 때문에 집중을 못하고 있기 때문입니다. 스마트폰을 잘 활용하는 학생도 있겠지만 정말 그런 친구들은 소수입니다.

물론 스마트폰이 없으면 불편하겠죠. 인터넷도 되지 않고 음악도 마음대로 들을 수 없습니다. 그래도 없는 것이 훨씬 공부에 집중이 잘 될 것입니다.

보통 폰이 옆에 있으면 정신은 이미 폰에 가 있기 마련입니다. 한 문제 풀고 20분 동안 폰을 잡고 있는 상황, 혹시 겪어보시지 않았나요? 혹은 겪고 있지 않습니까? 그렇게 문제를 풀게 되면 집중도 안 되고 자신이 무슨 문제를 풀고 있는지도 모릅니다. 정답률도 물론 떨어지죠.

그리고 간혹 음악을 들으며 공부한다는 학생들이 있습

니다. 대부분 듣는 음악이 대중가요더군요.

대중가요를 따라 부르며 공부한다는 학생도 있습니다. 과연 집중이 가능할까요? 저는 그렇지 않다고 봅니다.

자신이 익숙한 한국어가 들리고 신나게 빵빵대는 음악을 들으며 집중을 한다는 것은 거의 불가능합니다.

자신은 발라드를 듣는다고요? 발라드도 결국 우리 귀에 익숙한 멜로디에, 한국어가 들립니다. 그리고 발라드 곡에 감정이입을 해서 저도 모르게 따라 부르고 슬퍼하는 경우도 있더군요.

둘 중에 하나만 하죠. 노래를 들을 때는 노래만 듣고 공부를 할 때는 공부만 하기로 합시다.

스마트폰이 없는 게 좀더 좋다는 것이지 무조건 스마트폰을 없애라는 것은 아닙니다. 자신이 스마트폰을 하는 것에 시간을 많이 쓰지 않고, 공부에 집중을 잘한다면 굳이 없앨 필요는 없죠.

스마트폰이 없으면 친구들과 소통을 못한다구요? 친구들과의 연락도 물론 중요합니다. 그렇지만 친구들과 연락을 하기 위해서 스마트폰을 계속 쥐고 있다가는 남는 것이 아무것도 없을 것입니다.

스마트폰을 없앨 수 없다면 최소한 공부할 때만이라도 스마트폰을 꺼서 눈에 보이지 않는 곳에다가 두는 것이 어떨까요?

10. 책은 틈틈이 읽어라!

우리의 생활 기록부에는 독서 활동란이 있습니다.

자신이 진로에 관련된 책이나 흥미가 있는 주제의 책을 읽어서 담임 선생님이나 교과 담당 선생님께 제출하면 생활 기록부 독서 활동란에 기재가 됩니다.

보통 학기 말에 기재를 해주신다고 이야기를 하시는데, 그럼 그때부터 학생들의 손과 눈은 빨라지기 시작합니다. 마감 기한은 일주일이 남았는데 쓰고 싶은 책이나 써야만 하는 책들은 산더미처럼 쌓여 있기 때문입니다.

결국 그 많은 책들을 독서 활동란에 채워 넣으려면 대충 훑어보고 감상평을 써서 선생님께 제출해야 합니다.

이렇게 되면 나중에 면접 준비를 할 때 책을 한 번 더 봐야 합니다. 정말 시간낭비에다가 재미없는 일이죠. 그렇기 때문에 미리미리 책을 보고 감상문을 써놓고 보관하고 있어야 합니다.

또한 옛날에는 자신이 느낀 점, 배운 점 등을 썼지만, 지금은 제목만 기재하게 되어 있죠.

와, 그러면 책 안 읽고 그냥 활동란에 제목만 기재해도 괜찮지 않을까? 하고 생각하는 학생들 혹시 계신가요? 절대로 절대로 그러면 안됩니다. 면접 할 때 면접관이 질문할 수도 있고, 기재해 주시는 선생님께서는 감상문을 적어 와야지만 독서 활동란에 제목을 기재해 주신다고 하시기 때문입니다.

그리고 주로 시간이 나는 기간은 방학이나 시험 치고 나서 정말 한가한 몇 주입니다. 친구들이랑 다 같이 노는 것도 좋지만 책을 읽고 나중에 이 책에 대해 어떻게 설명해야 좋을지 생각해 보고 기록해 보는 것도 좋을 것입니다. 그렇게 해서 기록한 종이들을 차곡차곡 모아 두고 학기말에 제출하면 편합니다.

그리고 기록한 종이들은 사진을 찍어서 보관해 두면 나중에 면접을 준비할 때 기록한 종이들만 보면 될 것입니다.

책을 틈틈이 읽어서 여유롭게 학기 말을 준비하는 게 어떨까요?

고등학교 생활은 청소년기 중 가장 불안정하고 아름다운 시기입니다. 서로가 미숙하다 보니 서로에게 상처 주는 일도 많고 가장 불안정한 시기에 만나서 맞춰가며 서로에게 하나뿐인 존재가 되기도 합니다. 앞에서 한 얘기들이 진리고 법칙은 아닙니다. 서로 갈등을 겪으며 더욱 단단해질 수도 있겠지만, 앞의 이야기들을 참고삼아 고등학교 생활을 보낸다면 후에 갈등보다는 좀더 행복한 추억들을 회상할 수 있지 않을까요?

+고등학생이 되면 늘 것

다크써클

책임감

선생님 성대모사

PPT 템플릿 빨리 찾기

PPT 빨리 만들기

발표 대본 보고 발표시간 예측하기

야자 때 탈출하는 방법

점심시간에 몰래 나가서 밥 먹기

잠

쉬는 시간 동안 컵라면 하나 다 먹기

수식어구로 말 늘리기

졸업만을 기다리고 있는
어느 3학년의 이야기

구예진

먼저 제가 고등학교에 들어와서야 알았던 것을 알려주고 싶습니다. 7교시 정규수업이 끝나면 방과후 수업이 있습니다. 방과후 수업의 유형은 배정형과 선택형이 있는데, 이것의 장단점을 같이 살펴보도록 하죠. 먼저 배정형은 시간표가 배정되어 있어서 배정형이라고 불립니다. 학급 시간표처럼 배정이 되는 것이어서 시험 범위에 꼭 포함됩니다. 방과후 수업을 하는 모든 학생이 같은 수업 내용을 듣는 것이 이유가 되겠습니다. 이 부분이 가장 핵심입니다. 왜냐하면 학생들이 직접 수강 신청을 통해 원하는 수업을 듣는 선택형은 시험 범위에 포함되지 않기 때문입니다. 이유는 모든 학생이 같은 수업을 듣지 않고 A 친구가 a 수업을 참여했지만 B 친구는 a 수업을 참여하지 않는 경우가 있으니까요. 이해가 되었나요? 배정형으로 해도 방과후 수업을 듣지 않는 친구를 위해 시험 범위에 넣지 않아야 하지 않나요? 하는 의문이 들 수도 있는데, 선생님들은 방과후 수업을 듣는 학생들에게 초점을 맞추기 때문에 반드시 시험 범위에 포함이 됩니다. 그러니 입학하셨을 때 배정형 방과후 수업이라면 참여하는 것을 추천해 드리고 싶습니다. 이 글을 읽고 있는 여러분들이 입학할 학교에서 선택형 방과후 수업을 했으면 하는 바람은 바로 자신이 원하는 수업을 지정해서 할 수 있기 때문에 공부 압박감을 덜 받고, 강의식보다는 독특하게 선생님 자신만의 수업을 준비하시는 분도 계시기 때문에 더욱 집중하여 즐겁게 수업을 할 수 있기 때문입니다. 그러나 선택형 방과후를 하던 학교도 3학년이 되면 배정형으로 바뀔 것인데, 3학년이 되면 수능특강과 수능완성을 교재로 삼아 수업을 하며 방과후 수업은 수능특강, 수능완성 수업의 연장선이기 때문이죠.

다음으로 얘기해 볼 주제는 수시 비율이 정시 비율보다 커진 현재의 생활기록부, 줄여서 '생기부'라고 흔히들 말합니다. 생기부는 학생이 학교에서 생활하는 일거수일투

족을 기록한 것입니다. 물론 성적도 포함이지요. 수시 원서 유형 중에 '학생부 종합'이라는 것이 있습니다. 학생부 종합 유형은 대학 입학팀에서 생기부를 검토한 후 면접을 합니다. 그러므로 자신의 진로에 관련된 동아리나 과목 위주로 활동을 열심히 많이 한다면 수시에 유리하다고 할 수 있습니다. 그러기 위해서는 동아리와 과목 선생님께 예의 바르게 먼저 인사하고, 많이 질문하여 성실하고 열정적으로 공부한다는 것을 어필하는 것이 도움이 될 수 있습니다. 이런 학생에게 선생님들은 도움을 많이 주고 싶어 하기 때문입니다. 몇 가지 더 꿀팁을 드리자면, 수업시간에 졸거나 자지 않고 선생님 수업을 열심히 듣고, 나누어주시는 학습지에 빈칸을 꼼꼼히 확실히 채우면 이것을 수행평가로 활용하시는 선생님께 칭찬을 들을 수 있을 것입니다.

다음 주제로 넘어가 보도록 합시다. 주제는 바로 교내 대회입니다. 교내 대회는 학교 성적 못지않게 중요하다고 할 수 있습니다. 대회에서 수상하게 되면 생기부에 기록이 되며 그것은 곧 수시에 유리하게 작용한다는 뜻이기 때문입니다. 대회에 자신이 없다고 참가하지 않는 학생들이 대다수입니다. 물론 저도 그랬습니다만, 자신이 없어도 대회에 참가한다는 것에 의의를 두는 것이 중요하다고 생각되면서 자세를 바꿔나갔습니다. 대회에 참가했다는 내용을 생기부에 아주 가끔 기록이 되는데, 이것을 대학 입시 면접 때 잘 이용한다면 좋은 결과를 얻을 수도 있습니다.

또한 굉장히 중요하다고 말하고 싶은 조별발표. 조별발표는 정말로 친구들과 함께 하는 것보다 발표 준비성과 발표 성향이 좋은 친구들과 조를 꾸리는 것이 좋다고 말하고 싶습니다. 다들 발표 준비성, 발표 성향이 좋은 친구들이 조 발표에 좋다고 알고는 있겠지만, 막상 선생님께서 자유로 조를 꾸리라고 하실 때는 친구들끼리 조를 하는 경우가 대다수입니다. 마음이 맞는 친구라면 더더욱 좋겠지만 그렇지 않다면 발표 준비를 하는 과정이 중요하다고 생각하는 저는 속히 말하는 같이 다니는 친구보다는 과정을 잘 이끌어 나가는 친구와 함께할 것을 추천합니다. 조별발표는 수행평가에 반영되니까요!

고등학교에 들어오면 중학교와 같이 동아리 시간을 가지는데, 가위바위보로 동아리 가입을 결정하던 중학교 때와 달리, 고등학교 동아리는 자기가 원하는 곳에 면접을 통과해야 가입할 수 있습니다. 생기부에 동아리 이름과 활동이 고이 적히기 때문에 자신이 관심이 있는 분야로 활동하는 동아리에 가입하는 것이 가장 좋다고 말하고 싶습니다. 동아리 활동은 곧 꿈으로 연결되기 때문입니다. 그리고 고등학교 동아리는 자신이 가입한 동아리에서 1년간 활동하고 나서 2학년 때는 다른 동아리에 가입할 수 있습니다. 물론 면접을 통해서겠죠?

이제 대학입시가 본격적으로 시작되는 3학년 생활에 대해 말해 보도록 하겠습니다. 3학년엔 교과서 말고 수능에 연계되는 수능특강, 수능완성을 수업 교재로 사용합니다. 또 수능이 한 달 앞으로 다가오는 시점에서 수시 원서를 작성하게 되는데, 대학 여섯 군데까지 지원할 수 있습니다. 원서 6개를 꽉 채워서 지원하는 것이 가장 중요합니다. 상향 2개, 적정 2개, 하향 2개를 가장 추천합니다. 상향지원을 한 군데도 하지 않는다면 대학에 대해 아쉬움이 남을 확률이 크기 때문에 후회 없이 지원하는 게 중요하다고 생각합니다. 수시원서를 넣기 전에 담임 선생님과 어느 학교 학과를 지원하고 싶은지 상담을 하는데, 선생님들은 추가합격까지 생각해서 그 대학교에 지원하는 것 보다 안전하게 적정으로 원서 내라고들 많이 하시기 때문에 상향을 넣어보고 싶다고 적극 어필하는 것이 좋을 것 같습니다. 상담에 많이 의지하지 마시고 내가 어느 대학, 어느 학과를 다녀야 자신의 적성에 가장 근접하게 맞을지 고민하시라고 감히 말씀드리고 싶습니다. 자신이 어디에 원서를 넣느냐에 따라 많은 것을 좌우하게 되는 것 같습니다. 저는 꽤나 긴 시간동안 '원서 넣을 때 더 많은 신경을 쏟았으면' 하는 후회를 했기 때문에 꼭 원서에 온 신경을 쏟아부어야 한다고 말씀드리고 싶습니다. 원하는 학과가 있다면 성적에 맞춰 대학만을 생각하여 원서를 작성하면 되지만, 원하는 학과가 없다면 더 많은 고민이 될 것입니다. 그럴 땐 대학보다는 학과에 더 집중하여 많은 조사를 거쳐 결정하는 것이 나중에 후회 없는 원서작성이 되리라 생각됩니다.

저의 고등학교 생활을 토대로 알려주고 싶은 것들을 적어보았는데, 저의 이야기가 여러분들에게 잘 전달이 되었을지 모르겠네요. 잘 전달이 되어서 여러분들에게 도움이 되었으면 좋겠습니다. 고등학교 입학이 설레고 한편으로는 긴장도 될 텐데, 제가 알려드리는 것을 잘 읽으셨다면 고등학교 생활에 큰 지장이 없을 것으로 생각됩니다. 그럼 곧 있을 고등학교 생활에 빨리 잘 적응하고 즐거운 학교생활을 하기를 바랍니다. 파이팅!